騎在雲的背脊上

洪淑苓 著

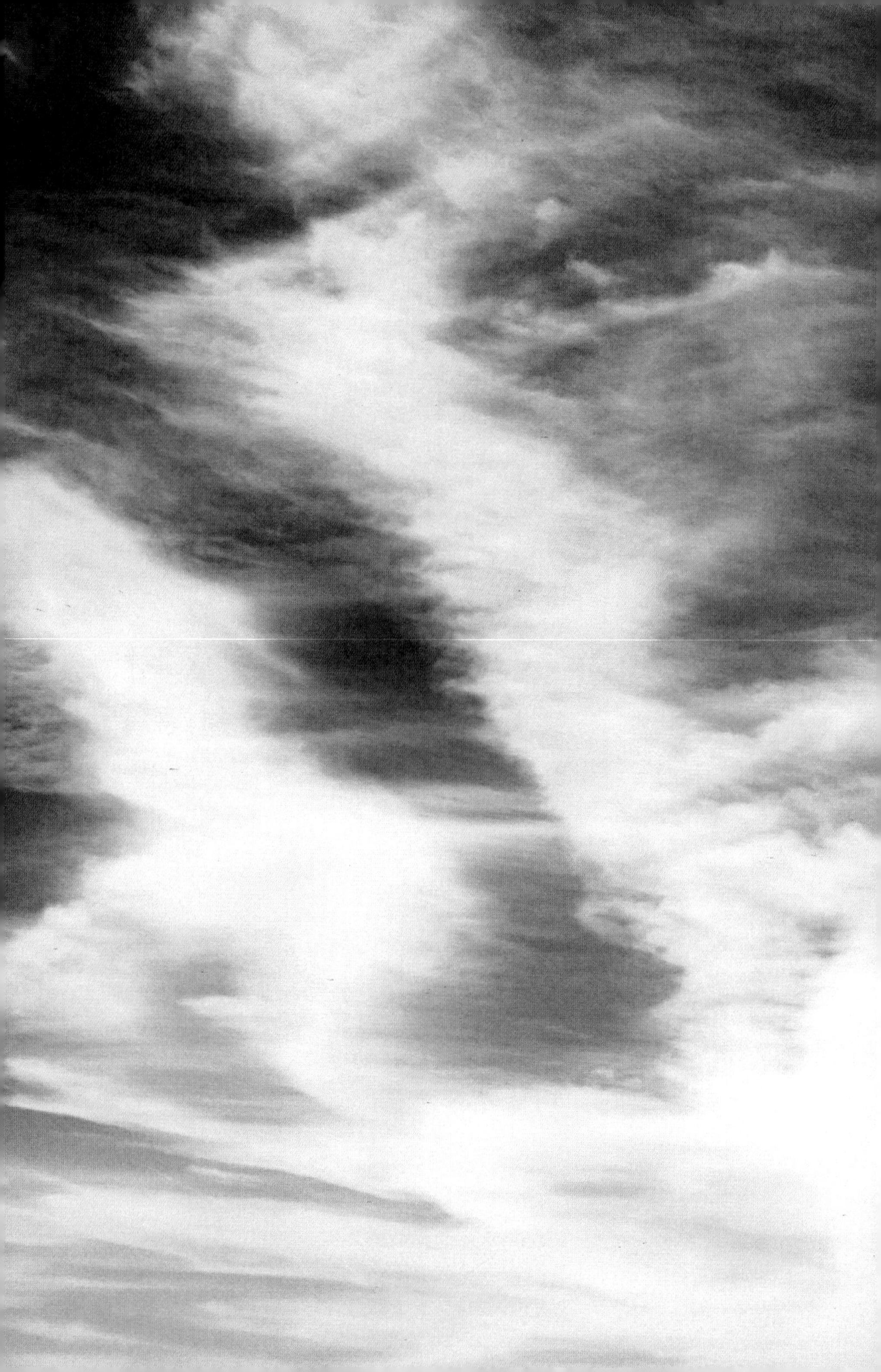

感恩分享是一種福份
——洪淑苓散文集《騎在雲的背脊上》序

封德屏

這些年，每隔一小段時間總和淑苓在一些場合見面。每一次，心情都很愉悅，不曾感覺彼此有什麼改變。雖然時光不免在身上烙下痕跡，我們見面卻是自在恬適、雲淡風輕，不會像多年不見的同窗舊識，一臉驚訝緬懷的表情。

進入《文訊》才幾個月，就認識淑苓。她那時剛自台大中文系畢業，考進母校中文碩士班。忘記是哪位台大師長介紹的，先是寫了兩篇指定對象的書評，接著是擔任多次專書討論會的紀錄。別小看這個任務，要把一場各家各持高見漫長的討論會，在有效時間內如實記錄下來，並得到每一位與會者的讚賞與肯定，不是一件容易的事。記得她為《文訊》做紀錄的第一場是〈文學批評的時代來臨了？「龍應台評小說」討論會〉，與會者有：顏崑陽、高天生、龔鵬程、詹宏志、馬森、黃慶萱，座談記錄整整兩萬餘字；第二場是〈開放地走向文學之路——龔鵬程「文學散步」討論會〉，與會者有：龔鵬程、余玉照、蔡英俊、張健、林明德、高大鵬、王德威，座談記錄也接近兩萬五千字。

現在重讀這些內容仍覺得十分精彩，除了與會者的高見外，淑苓記錄的流暢文字亦功不可沒！

之後淑苓考上博士班，繼續追尋學問。在學術研究忙碌之餘，仍未忘記她喜愛的創作，詩、散文，依然篇章不斷。通常走上學者之路，許多人就放棄或收斂起自己的文學創作，把大部分時間獻給教學及學術研究，淑苓應該是少數的例外。

這本書的文章大部分發表在《國語日報》少年文藝版的「愉快人間」專欄，當初是由曾永義教授領銜演出，再由不同的學者專家接續，希望透過簡潔的文字，傳達一些愉快美好的人生經驗。許多人都知道，「人間愉快」是曾永義老師豁達的人生觀。當然，從「人間愉快」的美好祝願，到真正體悟「愉快人間」，是要有一些條件及修為。

一般都認為中文系的女孩比較多愁善感，那是因為讀多了古人的詩詞歌賦，自然就擬人擬境的把情感投射進去了。其實這是刻板的印象。除了要對生活的細微處，有所感動、感悟，而展現為文字，就更要看個性及才情了。

從書名《騎在雲的背脊上》，就可感受到淑苓的詩人本質。從飛機窗口看雲，想像雲是一列雄赳赳氣昂昂的戰馬，等待主人校閱；太陽照射下的雲朵，又像極了一匹匹鑲著金邊的五彩絲綢，她想跨上雲峰上的馬背，遨遊天際；阻止先生將撲滿車蓋的粉紫落花拂去，她要再看一眼⋯⋯。儘管書中的詩人情懷，以及臆想的詩句偶而會跑出來，然而從其他篇章的脈絡及感懷，還是可以看出淑苓從歲月中歷練出的成熟：從十五六歲反覆吟誦〈葬花詞〉，著迷水一樣的林黛玉的「擁林派」，曾幾何時開始欣賞薛寶釵的溫柔敦厚，體會《紅樓夢》不只是兒女情長，更有大家族的興衰滄桑；嫌「俗」不願戴金手鐲，而每逢年節則必慎重的戴上飽含母愛的金鐲子。淑苓跟著歲月前行，依然易感，但明顯多了觀照世事的冷靜與寬厚。

通常撰寫學術論文要掌握完整資料，理論要清晰，要有創見；而文藝散文要在日常生活中，產生美，產生趣味的文字，不一定要有事先規劃的題目及綱要，只因感動，牽動了某條神經，或悟出了一些道理，而發之為文。淑苓雖已邁入中年，難得仍保有善感純樸的本性，以及寬厚惜福之心，才會對生活中相遇的人事物，持續保有細微的觀察，逐一採擷醞釀，成為生命中美好的回味。

作家會隨著年齡及生活經驗，逐漸改變寫作風格。尤其是迥異的生活、環境刺激下，一定會有新的感覺及領悟。本書第四卷，淑苓寫她兩次赴美講學旅遊的點滴鴻爪。遇到新穎的事物，無論是波士頓的松鼠、楓葉，熱情的異國友人，或是聖塔芭芭拉加州大學霧中的校園、復活節的烤肉、農夫市場，在丹麥城遇到安徒生……，淑苓記下了她的好奇、探索與感思，讓讀者也跟著她作了一次域外文化之旅。

在教學研究與家庭主婦之間穿梭忙碌，淑苓仍堅持她的文學創作，勿寧也是一種生活寄託，一種生命情境，既能抒解心情，又能散播喜樂。感恩分享更是一種福份，希望淑苓不斷享福、造福，繼續寫下去。

＊封德屏，文訊雜誌社社長兼總編輯。

自序

洪淑苓

這是我的第五本散文集，大部分的篇章都是千字以內，而且都是記載愉快的心情。感謝文訊雜誌封德屏社長為我作序，和我共享這些生活樂趣，也帶領讀者更了解我的一些為人處事和寫作的心路歷程。

全書分為四卷：卷一收錄生活瑣事的臆想與異想，有關雲的想像、花事茶事與心事的交集，以及一些可以牽動心緒的小小事件；卷二純粹是好玩有趣的事，巧不巧的，大多數和吃有關；卷三著重在人際關係的描寫，親友、姊妹、偶然邂逅的陌生人，因為彼此的真誠而擦撞出際遇的火花；卷四寫兩度在美國居遊的經驗，無論是吃貝果或是到海邊撿淡菜，或是參加詩歌朗誦會以及跟洋學生講徐志摩，都是令人難忘的回憶。

本書大多數篇章最初發表於國語日報少年文藝版的專欄「愉快人間」，那是二〇〇一年到二〇〇八年期間，由曾永義教授領銜演出的專家散文特集，前後接棒執筆共有十多人，而每篇限八百字，希望透過簡潔的文筆和篇幅，傳達愉快又美好的人生經驗。曾老師是我的博碩士論文指導老師，他的人生觀「人間愉快」已然是許多人的座右銘。我把我在這個專欄發表的篇章輯錄在卷一到卷三，回顧起來，絕大部份是符合這個觀念的，即使像〈拖吊車之旅〉寫的是旅途中車子拋錨，被拖吊車載著走的經驗，也是化險為夷的愉快記憶。至於卷四，起因於二〇〇四年十月第一次獨自到美國，在波士頓的西蒙斯學院參加學術會議；二〇〇九年上半則是到美國聖塔芭芭拉加州大學訪問半年。這兩次的美國經驗，一在東岸一在西岸，讓我領略不少新奇的美國文化，而結識尉雅風教授、杜國清教授與多位當地朋友，也都使我的「米國」之行既豐富又有趣。這卷的文章有的發表於「愉快人間」專欄，有的則是發表在我當時的msn部落格，那時的我一邊貼文章，一邊貼圖，還挺有「文青」的架式呢。

關於散文，我覺得散文應該有一種隨意性與閒適的氣息，從生活裡擷取吉光片羽，而後用流暢與創意的文字，再現心靈的真實樣態。太刻意、太用力的散文固然令人佩服，但若因此而失去從容、閒適的作品氣息，我覺得是很可惜的。快速前進的生活步調、去中心的後現代價值觀，把我們心靈的湖面攪亂，以致很多人一直追求著什麼，也想要及時抓住什麼——而且追尋的、想抓住的不只是一個東西。所以，睡前我喜歡把鼓脹的皮包一股腦兒倒出來，重新整理一次，讓雜亂的小東西歸位，也讓自己沉澱一下，用一種淨空而後有序的心情迎接明天。我任教於大學，除了教書也要做研究，生活是忙亂的，但我希望在我的筆下，可以把生活中的雜質去掉，留一片純白寧靜的天空給自己

——也給讀者。

於是，在觀賞茶葉舒展、沉落杯底的時候，在坐飛機直盯著窗外雲海、目不轉睛的時候，在渡輪上和陌生人談現代詩，在有霧的校園迷走，在小市集吃米粉湯，或手裡一把彩色糖果，或是為一束帶雨的玫瑰花而驚喜……這都是我平凡日子裡的新鮮記憶，一再的在腦海裡浮現。我常自我打趣，從小在台北市生長，上學、工作沒有離開過大安區，最遠是高中時唸的北一女，在城中；而新公園、陽明山、碧潭、淡水是我假日的遊樂園。我像個都市人又像個鄉下人，都市人其實很少去到外地，而且總以為每個地方都有便捷的公車和捷運；鄉下人也很少出門，無論是進城或是去外鄉，都是大事，一生當中可能僅有三回。我，在忙亂的都市生活中，過著我簡單而寧靜的生活。工作、家庭、研究、寫作，每日的作息循環如常，但內心的風景只有自己了然於胸，不須走遠，不須趕行程，一朵花為你展開生與死的雙翼，一對金手鐲聯繫母親和姊妹間的情感脈動；朋友送的自家水果、特製的咖哩雞飯盒、第一次吃到馬芬和貝果……世態人情，盡在其中。

所以，散文的書寫必然有其生活依據與心靈的寫意，既是在記錄世相，也是在書寫人情，而最終底則是一種姿態，一種安頓自我的姿態。

本書還穿插了攝影圖片，希望藉此和文章互相搭配或是衍生新的閱讀趣味。除卷四是我旅遊時的照片外，其他都是好友百珣跨刀。她建議我拿出珍藏小物，為我拍成「寶貝」系列，而各種不同姿態的雲和花朵，則是借自她的精心傑作。百珣同時也是本書最佳的視覺顧問，衷心感謝好友情義相挺。

此外，本（二〇一六）年我連出四本書，學生玫汝、建志多次協助整理書稿，是我的好幫手。也要感謝秀威公司編輯部的同仁鼎力協助，尤其鄭伊庭小姐主掌進度，也提供許多寶貴意見，在此一併致謝。怡燕、麗鈴、佩麗、徐璐、偉潔、慧兒、家慧、美秀、芳婷和樂班同學，你們對我的協助和鼓勵，也容許我在這裡用謝謝二字代表我至誠的心意。

我喜歡看雲，飛機上所的雲海令我驚艷，日常仰望的藍天白雲也令我幻想那裡是不是有個天外天的秘境，所以我選了「騎在雲的背脊上」當作書名，希望和讀者一起騎在雲的背脊上，遨遊天際……

目次

卷三　卷三　夏日的喜劇

卷四 馬芬和貝果 133

卷一　騎在雲的背脊上

騎在雲的背脊上！我望著峰峰相連的雲山，想像自己已經飛出機艙外，跨上那馬背似的雲峰，馬蹄踢踏，天際任遨遊……

花事

當車子滑行出去，揚起一陣微風，車身上的花瓣也跟著飛躍，一朵、兩朵、三朵……

我是什麼時候愛上花花草草的？連我自己也弄不清楚。

我喜歡茉莉的清香，也喜歡玉蘭花的甜膩。我為嬌豔的玫瑰著迷，也為高潔的荷花傾倒。去龍山寺拜拜時，我會在佛殿前的欄杆掛上一個小花環，希望用花香供佛，祈祝心願。走在小巷弄裡，我總是尋找著人家陽台上的花影，每一次都有「驚豔」的感覺：九重葛、龍吐珠、姬百合，這類「家花」總是探出頭來，對我「搔首弄姿」，頻送秋波。

有一次去訪友，車子停在一樓的圍牆邊。訪畢出門來，卻看到車身前後都蓋上一片粉紫，斑斑點點，好不美麗！四下察看，原來是牆內一株盛開的紫藤把她滿頭的珠翠灑了出來。擔任司機的外子正要抹去那片花塵，我說讓我再看一眼，遂在車前站立了三十秒，欣賞那紫色的姿影，感謝她的恩賜。那時風是靜止的，我眼前盡是紫和白和綠的交錯。後來，我們的車要發動了，我央求外子慢慢開，當車子滑行出去，揚起一陣微風，車身上的花瓣也跟著飛躍，一朵、兩朵、三朵……好多好多的紫色小精靈跳著舞。而後視鏡裡，那株紫藤也舞著枝條，彷彿對我們的離去依依不捨，又播送更多更多的紫色蝴蝶，追逐著我們……

我自詡是個愛花人，大部份的時候，我都是在「尋花問柳」：走在草地上，我尋找野花的蹤跡，唯恐一不小心踩壞了她們；參加宴會展覽，別人忙著寒喧應酬，我卻穿梭在花籃盆栽之中，猜猜花的品種，嗅嗅花的香氣。若是遇到同好者，我們便可在會場外「品頭論足」一番——談談花事，而不是比

鑽戒比華服。

愛花，是我心裡的秘密。我更期盼自己有個秘密花園，可以在裡頭徜徉終日，無憂無愁。

——原載於二〇〇二年十月廿九日《國語日報》少年文藝版

茶事

羅老師就把我們帶到木柵茶園，一邊喝春茶、賞桃花，一邊討論李白杜甫的詩文。

喜歡泡一壺茶，在獨自一人的時候。不拘茶品，不拘茶具，只要是茶，當金黃的茶湯慢慢注入杯底，我的心情也跟著寧靜愉悅。茶香入鼻，茶味入喉，一切盡在不言中。

什麼茶是好茶？我試著記下專家說的茶經，卻總是在下一次喝茶時忘得一乾二淨。喝茶是要擺譜的，對講究的人來說。不只是壺，還要一些高高低低、大大小小、長長短短的器具，然後加上一套繁文縟節——此之謂茶道也！但對我這個凡俗之人，喝茶，永遠都是一壺一杯；壺是雜貨店裡買來的，杯是開會時送的，天南地北的兩物，加上一個悠閒的我，三人齊聚一堂，倒也一團和氣，誰也不嫌棄誰。

曾聽師長說起，昔日在臺靜農先生家中品茗談天，那濃郁的茶香最令人難忘。然而每次請教臺先生泡茶的祕訣，臺先生總是呵呵笑，指著一只大茶壺，說：「就是它，從早到晚浸泡著茶葉，白開水也變成好茶了。」原來，那茶中充滿了學問與溫情，好客之道正是其中的祕方。

我讀研究所時，選修了羅聯添老師的唐代文學專題。羅老師說唐人的茶文化興盛，於是教我們在課堂上輪流泡茶，體驗一下茶與生活的關係。到了三月天，羅老師就把我們帶到木柵茶園，一邊喝春茶、賞桃花，一邊討論李白杜甫的詩文。我們很好奇的問羅老師，有沒有特別喜歡的茶葉，喝茶有沒有什麼規矩？羅老師搖搖手，說：「沒有沒有，只要是茶都可以喝。」「那這個茶海是在哪裡買的？看起來好特別。」羅老師笑了：「在校門口的路邊攤買的，一個才十塊錢。」我們也跟著笑了，原來東西只要好用就好，不一定要名家手筆。

文士品茶，壯夫牛飲，各取所需罷了。茶，是那麼的雅俗共賞，可繁可簡，我所說的不過是茶事一樁。

——原載於二〇〇二年十月十五日《國語日報》少年文藝版

陶壺與陶杯，空氣中瀰漫著茶香。

船歌

喜歡坐大船，一定是嚮往海的遼闊吧！

在很小的時候，我就喜歡「船」這個東西。我描著課本上的大輪船，心裡想有一天我也要坐大船。

我和同伴比賽摺紙船，有敞篷的，也有帶船艙的，色紙、日曆紙、過期的作業簿，全都變成了我們的船隊，在小水溝裡漂放。如果下雨，或是颱風天，那就更壯觀、更熱鬧了，整條水溝就像我們的太平洋，全部的紙船都出海去冒險。直到哪家的大人發現了，我們才追著水流去收拾殘局，領著一隻隻溼透破爛的紙船回去受罰。

基隆，是個可以看到真正大船的港口。還記得爸媽曾經特別帶我們坐火車到基隆，「看大船放尿」，我還記得這諧謔的話。那次的記憶其實很模糊，但那渾厚的汽笛聲，彷彿一直在我童年的相簿中迴響。

但坐大船是個不容易實現的心願，我只好退而求其次，坐小船過癮。淡水渡船、碧潭手划船，還有兒童樂園裡的龍船，反正只要是船，無論小大遠近，我都要坐，坐個過癮。

喜歡坐大船，一定是嚮往海的遼闊吧！我竟不知道，在我保守的個性裡，也有這樣的基因。高中時讀了鄭愁予的詩，更對海洋和水手有無限的憧憬，例如〈如霧起時〉：「我從海上來，帶回航海的二十二顆星。／你問我航海的事兒，我仰天笑了……」，〈水手刀〉：「一把古老的水手刀／被離別磨亮／被用於寂寞，被用於歡樂……」這些詩句讓我天真地幻想，我將愛上一個水手，不然就是自己駕船去發現新大陸。

坐大船的心願畢竟實現了！第一次是飄洋過海到琉球，第二次是遊長江三峽。我沒有愛上水手，我愛上了海上遨翔的海鷗，愛上了江邊秀麗的神女峰。

——原載於二〇〇二年十一月十九日《國語日報》少年文藝版

記得

記得：一種真心的付出，也是真心的感謝……

好友珍已經定居台中，我偶爾去看她，久別重逢，她總是為我泡一壺茉莉花茶。用的是玻璃茶壺，乾皺的花瓣遇水舒展，姿態優美，透明可見。

珍說：「記得你喜歡喝茉莉花茶。」

記得？多久以前的事了？曾在她的小臥室裡促膝長談，一壺茉莉花茶陪伴我們渡過漫漫長夜。也許從那時起，我開始喜歡喝茉莉花茶。

到雲林拜訪老友美，我們從單身到各自結婚成家，兩家先生、小孩也都成為好朋友。這天，美做了豐盛的晚餐招待我們。大家就座之後，美喚她的女兒

精巧的磁杯，盛滿靜靜的「記得」。

為我盛一碗湯，放在我的左手邊。
美說：「記得你喜歡一邊吃飯一邊喝湯。」
記得？我啞然失笑。近年，我幾乎已經「戒」掉了這個不太健康的飲食習慣，以前
不知怎的，我老是覺得飯很乾，單吃飯不配湯，簡直難以下嚥。
可是美還記得我這個怪癖。應該是在她新婚期吧？我應邀到她愛的小窩做客，滿桌
的菜餚，獨不見湯影，我若有所失。從那時起，美發現了我吃飯必須有湯的秘密，而且
一直記得。
住在高雄的婷有事北上，特地來看我，還帶來一只咖啡壺。她告訴我，這是用信用
卡的點數換的，不必花錢。那麼為什麼選咖啡壺，而且千里迢迢，帶著它坐飛機來送
給我？
婷說：「記得你說想要自己煮咖啡。」
記得？我和婷同是魔羯座、A血型，因此兩人意氣相投，經常在電話裡互訴心事。
有一陣子我迷上了「泡」咖啡館，以為可以在那裡找到寫作的靈感。每次看到店老闆調
弄著那些咖啡壺、酒精燈的，心裡就暗暗羨慕，哪天自己也來試試。我一定把這想法告
訴了婷，否則她怎會記得這件事？不花錢的贈品，卻是花了更多的心思啊。
記得：一種真心的付出，也是真心的感謝。平凡如我者，因為好友的「記得」，也

感受到如國王皇后般的尊貴。記得，記得，每一個「記得」都是友情的印記。

——原載於二〇〇三年五月廿三日《國語日報》少年文藝版

騎在雲的背脊上

坐在飛機裡看雲，真的好美。有時雲層渾厚，就像一列雄糾糾氣昂昂的戰馬……

記得第一次搭飛機，心情好興奮。雖然只是從台北飛澎湖，大約一小時的里程，印象卻非常深刻。當飛機起飛，我便一直盯著窗外，一會兒看地面上的景物愈變愈小，一會兒又忙著注意飛機如何穿透雲層，飛上青天！

忽然，我眨個眼睛，機身就闖入了重重雲霧之中。那波浪堆疊的雲海，彷彿近在窗邊，又彷彿隨時會縹緲而去。又一會兒，飛機飛得更高，飛到了雲海的上層，整個飛機好像在一個透明的大玻璃罩裡。然後，又飄來了幾朵雲，或者說是飛機進入了另一個雲的國度。這裡的雲呈垂直的絲線狀，很像有人在空中玩著溜溜球，用雲的絲線垂釣一串串歡樂的笑聲。

後來幾次搭飛機，都很幸運碰上好天氣，如果又有靠窗的位子，就可以仔細欣賞雲彩的變化。坐在飛機裡看雲，真的好美。有時雲層渾厚，就像一列雄糾糾氣昂昂的戰馬，等待主人校閱。有時雲層較薄，但白中泛藍，或者透射出太陽的金箭，都讓人感覺神清氣爽，好想跨上這豪邁瀟灑的駿馬，馳騁天際。

騎在雲的背脊上！我望著峰峰相連的雲山，想像自己已經飛出機艙外，跨上那馬背似的雲峰，馬蹄踢踏，天際任遨遊……

近日的一次旅行，我一個人由武漢搭飛機到北京。這是我第一次長途「單飛」。懷著忐忑不安的心上了飛機，是個靠窗的位置，我心情稍微好些，因為可以看雲。起飛後，我看著窗外，午後的陽光捉弄雲朵的姿影，雲像一匹匹絲綢，在天邊捲著、鋪著，顏色是粉橘、赭紅、油黃，每一匹都鑲著金邊，灑著金蔥……我看著看著，竟放鬆心情睡著了。待醒來時，已是華燈初上，北京城就在腳下。

騎在雲的背脊上，尤其獨自一人的旅程，白雲來相伴，也是個溫馨的記憶。

——原載於二〇〇二年十一月廿九日《國語日報》少年文藝版

紅樓・青春・夢

「花謝花飛飛滿天，紅消香斷有誰憐？游絲軟繫飄春榭，落絮輕沾撲繡簾。」
「儂今葬花人笑癡，他年葬儂知是誰？一朝春盡紅顏老，花落人亡兩不知。」

——林黛玉〈葬花詞〉

是那樣的歲月，暗羨林黛玉的癡情，對她的〈葬花詞〉反覆吟誦，共掬一把感傷之淚。也最怕被人說成是「賢寶釵」，因為，寶釵雖賢慧，卻不免有世俗之氣。黛玉，水一樣靈透的女孩兒，她的眼淚，偏偏又只是為那個「混世魔王」賈寶玉而流！

寶玉說，女孩兒是水做的，男人是泥做的。這點，算他有見識。只是，他老愛吹皺一池春水，把個寶姊姊、林妹妹弄得心神不寧，只有襲人受得了他，卻又沒來由的，挨他一踢。還有個晴雯，也敢跟寶玉大聲小聲的，「撕扇」的潑辣勁，又有誰敢惹她？

也許該學學湘雲吧！湘雲性情爽朗，是個可以談心，又可以說笑的好伴侶。只有她敢打翻寶玉愛吃的胭脂，敢嘲笑多心的黛玉。醉臥芍藥花間的湘雲，更有幾分嬌媚，令人愛憐。

海棠詩社裡，姊妹賦詩笑鬧；「怡紅夜宴」，抽花名行酒令……這是「大觀園」的風雅，連喫茶都有故事可說。更別說元宵、端午、中秋這些節日的熱鬧繁華了！整個「大觀園」的生活是這麼的精緻，感性，豐富……

又怎能遺漏那八面玲瓏的「鳳辣子」？沒有王熙鳳，「大觀園」必然頓失聲響，少了快人快語，少了犀利懾人的笑聲，「大觀園」將是多麼寂靜。鳳姐，《紅樓夢》裡最不單純的人物，有血有肉、有情有欲的，眼睛裡帶著狐媚，玉指一點，叫死叫活；都怪作者把她寫得太生動，令人又愛又恨。

十五，十六？還是十七、十八？是這樣的歲月，毫無防備地接收了《紅樓夢》的貪嗔愛癡，喜怒怨悟。總以為，寶玉負了黛玉，使得她焚稿斷癡情，也賠上一條性命。寶玉出了家，落得「一片白茫茫大地真乾淨」，可是那「賢寶釵」呢？誰又理會了她的心情。這麼想，對寶姊姊又有了不同的看法，連帶對她的「冷香丸」也有了興趣。

紅樓啊紅樓，你開啟了我的青春夢，我甚至以為我所居住的三合院，和那些人情禮俗，都是「大觀園」的寫照；而我，是個不折不扣的「擁林派」。

直到什麼時候呢？什麼時候開始，我欣賞寶釵的溫柔敦厚，覺得黛玉有些小氣？而《紅樓夢》不再是只有寶黛的兒女情長，更有大家族的興衰滄桑？然後，又穿透這些理性的啟悟，我看到一個個美的典型，在「大觀園」裡，每個有情生命，無不伸展他獨特的風姿，各有其麗似夏花、美如秋月的生命情調？

我不知道這是夢醒，還是進入另一場夢。每當我翻閱《紅樓夢》，我總會把我的紅樓、青春和夢，一一複習，讓那層層的感動交會在記憶底深處，然後我會輕輕唱著黛玉〈葬花詞〉，假設我還是那個十六、七歲的「擁林派」，悄悄流下純情的眼淚——如果我還能夠有淚。

——原載於二〇〇四年九月七日《國語日報》少年文藝版

春，寒

我生命中的三月，也有綺麗繽紛的記憶……

我喜歡冷一點的感覺。

冷，可以讓人清醒，可以讓大地萬物顯現抖擻的精神。雖然有時會冷得讓人受不了，但總比熱得讓人昏昏欲睡好。

春天，帶點兒寒意的風吹著，加上細細的雨飄灑，這樣的冷天氣，剛好。秦觀詞：「自在飛花輕似夢，無邊絲雨細如愁。」說得不正是這樣的感覺？春天來了，脫去厚重的冬衣，縱然再冷，也不需要再穿上「千斤裘」。春衫宜薄，服裝界最敏感，聽說現在不只有「春裝」，還有冬末穿的「早春服飾」。好一個「早春服飾」，是薄呢料子，還是輕紗？是七分袖，配上披肩，還是頸間一條飄逸的絲巾？

三月，春寒料峭，台大校園的杜鵑花漸次開放，在沁寒的空氣中散發縷縷清香，使我忍不住用力吸了幾口氣，再慢慢吐出。這真是最天然的「空氣清淨機」，把我肺部鬱積的混濁之氣都掏了出來，整個人清爽多了。冬天的腳步是遠了，因為就算還冷著，也不是那刺骨的嚴寒，而是讓人覺得有點兒癢癢的，毛細孔紛紛甦醒的輕寒，有時候太陽賞臉，春光明媚，更叫人舒暢。但是一定要帶點兒冷；太溫暖了，會讓人錯以為夏天提早報到，則春天的短暫，豈不令人懊惱？所以，還是冷一點兒好。

賞花是三月的大事，尤其櫻花之美，似乎已被日本人神化到難以置信的地步：緊盯著賞櫻情報，追隨櫻花的芳蹤，在花下狂飲醉歌，奔放的情態，嘖嘖，不是我輩所能想像。

我生命中的三月，也有綺麗繽紛的記憶：那年三月，我穿戴一身白紗，步上地毯的那一端。而後，我的三個孩子就有兩個在春天的季節誕生。三月是有點兒冷，但冷得剛剛好——新娘子的白紗像雪一樣白，新生兒的臉頰，就像櫻花一樣粉嫩——這些印象都歷

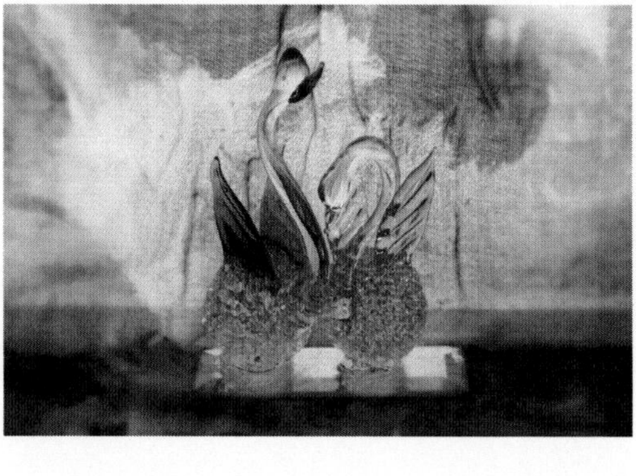

玻璃天鵝，像春天的感覺
（喜愛詩歌的文友贈送）。

歷在目，三月的楊柳風，拂過記憶的湖面，泛起一圈圈漣漪。我感覺清新無比，不禁閉目深呼吸，享受那淡淡的春，寒。

——原載於二〇〇四年三月十九日《國語日報》少年文藝版

海芋的歌唱

因為當我摘下的剎那，每一朵都向我展露開心的笑顏，好像對我說……

早春季節，我們探訪陽明山竹子湖的農家。

農田裡種著海芋花，馬蹄型的花朵，潔白美麗，像小喇叭似的，開向天際。在叢叢花葉間，有粉蝶飛舞，也有遊客彼此呼喚的聲音：「這邊的比較漂亮！」一不留神，說話的人自己卻滑了一跤，一屁股坐在田埂上，惹得旁人哈哈大笑。

天氣變寒冷的，我們一邊找尋中意的花朵，一邊都忍不住搓搓手呵呵氣，讓自己覺得暖和些。潔兒跟著我，小臉蛋已經凍成紅蘋果，但是她還是指著眼前的花叢，要我採一朵「大大的」海芋給她；因為她總是喜歡「大大的」，不喜歡「小小的」。不久，容兒也走過來我這邊，這小姑娘正在發愁，不知道選哪一朵好。再看看另一區的剛兒和他老爸，父子兩人正認真地搜尋，非找到最完美的，決不輕易「下手」。我以為只有他們最挑剔，環顧四週，大多數人也都是一再逡巡，走過一趟又一趟，手中的海芋卻仍是兩三枝，沒有增加新的。

我採了六枝，花苞有大有小，希望她們可以輪流開放。我是個知足的人，也是個「癡情」的人，只要看對了眼，就當成心肝寶貝，就是我的「最愛」。像我手上的這些海芋，在某些人眼中也許不夠完美，但我已經很滿意了。因為當我摘下的剎那，每一朵都向我展露開心的笑顏，好像對我說：「謝謝你選擇我，讓我在花海之中，脫穎而出，我一定會呈現給你最美麗的姿影。」

果然，當我們回到家中，找出陶甕來插這些海芋，她們一朵朵漸次開放。已開的顯得更嬌媚，原先很不起眼的、瘦小的花苞，也開得神色自如，別有風韻。陶甕就擺在一幅書法下，花色的皎白和飛舞的墨色相映成趣。

海芋花整整開了一個星期。每天晚上我都一邊喝著茶，一邊賞花。又時而閉目冥想：那一片廣漠的海芋花田，是不是有花仙子在月下歌唱？

——原載於二〇〇三年三月廿一日《國語日報》少年文藝版

小葉欖仁側寫

像一位風度翩翩的紳士君子，領受天地間純淨的氣息，化為清新優雅的吐納……

曾經為欖仁樹寫了一首小詩，把欖仁樹形容成為愛削髮的癡情者：

欖仁樹耐忍冬寒
終究落了髮
為的哪一段因緣
你怎麼不問
你怎麼不聞　不問

（〈寫給樹的——欖仁樹〉）

那是年少時光，滿腔幽怨的情懷，心志卻是堅定的，因此不以嬌弱的玫瑰自比，卻獨獨欣賞欖仁樹的挺拔，尤其四季分明的葉色，更增添迷人的風采。

因為認識了欖仁樹獨特的表情，我才注意到它還有個近親——小葉欖仁，也是挺拔俊秀的模樣：筆直的樹身，層層伸展的枝椏如綠色的波浪，加上略成橢圓的葉片，迎著陽光閃動著釉綠的光亮，真是美極了。到了秋冬，葉片紛落，光淨的枝幹仍然昂首向天，一副永不妥協的樣子——果然，春天一來，又長出了細緻的新葉，佈滿枝椏，又恢復它俊俏的本色。比起我原先熟悉的欖仁樹（它應該叫大葉欖仁吧），小葉欖仁有一種既含蓄又奔放的生命力，屬於新古典美學的氣質。

這樣的小葉欖仁，單獨矗立時，像一位風度翩翩的紳士君子，領受天地間純淨的氣息，化為清新優雅的吐納。走過它的身旁，彷彿可以感受到它悄悄脫帽向人行禮。如果是成行的對伍，那必是一群最和睦的樂手，彼此保持適當的距離，讓每個人都能舒展身手，不疾不徐地演奏生命樂章。如果是散落在廣場的各個角落，那就像一個理想共和國，遵從四季的律則，又維持著自己的姿態；如同每個人有每個人的堅持，又能彼此呼應唱和。

這便是我心目中的小葉欖仁：因為樹相和諧有序，所以感覺它是古典的；然而那亭勻挺立的神情，又像是卓爾不群的特殊分子，隨時要離群索居的樣子，所以為它冠上「新古典」的封號。在台大校園我親近過它，在小小的林間散步思考；在高雄美術館我也看過它，遠遠的，接收眼前一片綠浪；在住家社區公園我更撫摸過它灰褐色的表皮，仰望它高挑的樹身，讚歎大自然的傑作。

相對於花的豔麗芬芳，樹的表情似乎永遠只有兩種：落葉或是不落葉；而能夠獲得詩人青睞、吟詠的，也只有深秋轉紅的楓樹，不然，就只能仰賴樹上的花開，例如櫻花、桐花；但人們欣賞的是花，而不是樹本身。唯有小葉欖仁的美是自身枝葉的美，它以「樹」的身分前進「美」的國度，它不想豔冠群芳，它美著它自己的美。

——收入路寒袖主編，《綠光印象：小葉欖仁》，高雄：高雄市政府文化局，二〇〇六年出版。

偽文青的下午

決定往咖啡館去，充當一個在城市裡流浪的「偽文青」……

是這樣的下午，不須開會，也沒有學生來找的下午。我揹起大包包，裡面放著我的iPad和手機，決定往咖啡館去，充當一個在城市裡流浪的「偽文青」。

說自己是「偽文青」，因為自己已不年輕，而且也不是那種可以常常泡在咖啡館，戴著耳機、敲著筆電，耗掉一整個白天、半個夜晚的那種閒人。並且，更不夠資格的是，我都是點拿鐵，不敢點黑咖啡或其他品項，也不曾勇闖個性小店，我總找一家最近的連鎖咖啡館，比如星×克、西×圖之類的店。

我想我不只是「偽文青」，而且也只能算是半調子的作家，如果我是的話。現實生活如此忙碌，身為大學教授的我，有下課時間，但永遠沒有下班的時候。日與夜，我都要忙，白天忙教書和做行政工作，晚上則是看一點資料，以免跟學術研究脫節，而大部分的時候，還是要記掛著公務，事先策畫一些細節。至於家庭生活，唉，只能馬馬虎虎了，還好兒女們都能夠自己照顧自己。

所以上下班時我喜歡搭公車，因為在公車上，可以放空，發個小呆。而偶爾可以有這麼一個無事的下午，真是天上掉下來的禮物！

現在，我正坐在咖啡館的三樓，照例是一杯拿鐵和一杯溫開水，我想先寫點東西，等會兒再點個蛋糕犒賞自己，如果今天有寫出什麼東西的話。

這裡其實沒什麼風景可看，鄰近是捷運站，一個繁忙的十字路口。高架的捷運軌道好像就在貼窗戶外邊，捷運車廂一列列從眼前擦過。還好窗子的隔音不錯，因此時間久了，也就視而不見，完完全全掉進自己的思緒中。

我隨意敲點iPad的螢幕，先看看雅虎新聞，然後亂點幾個部落格的文章。這是寫東西之前的「儀式」，讓自己放鬆，脫離平日的忙碌狀態，然後，開始集中注意力，點開「備忘錄」這一欄，再點開鍵盤。於是，我的手指忙碌起來了，把腦中閃過的每個符號，「點點滴滴」地，敲點在貼著保護膜的iPad面板上。

環視四周，絕大多數的人，都是這樣的動作，有的是筆電，有的和我一樣是iPad，有的則是智慧型手機，大家都在敲、點、滑，即使是兩個人對坐，交談的也很少，一人一機，各自「筆談」。而看報紙雜誌的，拿筆和筆記本的，一個也沒有！在這連鎖的咖啡館，古老的報紙，古老的紙和筆，似乎都被取代了。我一邊點著這我的

我也是文青。
（2015年購於印尼峇里島，木雕小貓）

iPad，一邊想著，是啊，我快忘了拿筆寫字的感覺了。

這個下午，我寫了兩首詩的初稿，以及這篇札記。說是初稿，因為還沒完全定稿。等一下我就可以用email把這些稿子寄到我自己的信箱，然後有空再修一下稿，成為完整的作品。

一抬頭，一列捷運車廂剛好從眼前走過。而天色已經暗了。我想今天的成績還不錯，可以點一個起士蛋糕犒賞自己。

吃完這個蛋糕，我就必須回家，從「偽文青」的身分回復到凡人，教授兼學者的職業婦女，回家穿起圍裙，變身為「歐」小姐（歐巴桑小姐），為家人做一頓晚餐。

但這樣一個下午，無事的下午，「偽文青」的下午，我已經很滿足了。

——二〇一四年四月二日作

卷二　碧潭好心情

「某男子」後來成為我的丈夫。他因此知道我是個「孔武有力」的女人，從此不必為我擔心太多事情。

拖吊車之旅

沒有人開車，四輪車只靠後兩輪滑行，速度超快的，不知道該哭還是笑……

這真是個奇特的經驗，跟著拖吊車在高速公路上急馳。吊桿把我們的車頭拉高，後座的我們半躺半坐，身體老是往下滑。沒有人開車，四輪車只靠後兩輪滑行，速度超快的，不知道該哭還是笑……

幾個月前，和家人到中部旅遊。為了安全起見，外子還事先將車子送保養廠檢查。一切ＯＫ後，我們歡歡喜喜的上路，連同另外兩家人，三輛家用房車就在高速公路上馳騁。

一路上有說有笑，孩子們把汽水零食吃個過癮。只是總覺得有股焦味，我心想是誰在路旁燒稻草，真是太沒有公德心了。遲疑了很久，到草屯交流道時，外子也開始覺得不對勁，猛一低頭，儀表板上的數據已經消失，腳一踩，煞車也完全失靈！他急忙把車子往外側車道開去，我們還弄不清楚怎麼回事，車子就碰上護欄停了下來。

還好停了下來！否則失速的後果真難以想像。幸運的是，一向車水馬龍的高速公路，這前後一兩分鐘竟然都沒有車子經過，我們的車子才得以安全靠邊停下。

聯絡好拖吊車和另兩家朋友，我們就在車子裡等著。因為是午餐時間，修車廠說我們可能要多等一會兒。天氣炎熱，在空曠的高速公路上更覺得艷陽高照，讓人又渴又餓。

「喂，××信用卡嗎？我要叫拖吊車，而且請你送五客麥當勞快餐，我們快餓死了！」

我把右手靠在耳邊，假裝在打電話。某個電視廣告不是這麼演的嗎？即使你的汽車在沙漠拋錨，他們也會隨傳隨到，而且還為你送來可樂、礦泉水。

孩子們都被我逗樂了，直說：「媽咪，你不要再『假仙』了。」可是不找點樂子怎行？這地方可是前不著村後不著店的，要等到什麼時候呢？

等了近一小時，拖吊車才到。從不曾這麼渴望看到拖吊車，而且感謝它把我們「吊」起來「拖」走。沿途快速前進，兩旁景物自眼角匆匆掠過，享受另類的「拖吊車之旅」。

經過一番檢查，始知水箱破裂，問題嚴重。修車廠為我們提供了幾個方案，我們決定租車繼續上路，等修好了再回來取車。

同行的友人已上梨山，我們還在路上奔馳。回味著「拖吊車之旅」，不禁謝天謝地，平安就是福！

——原載於二〇〇三年十二月九日《國語日報》少年文藝版

山月伴我行

直到轉個大彎，我們看到那一枚又大又圓的月亮，她正笑盈盈的掛在山頭……

「暮從碧山下，山月隨人歸。」記得這是李白的句子，深夜走在這彎曲的山路，更感覺山月相伴的親切感。如果不是這一輪的明月，這趟山路走起來一定很荒涼，而且令人感到孤單。住慣都市的我們，很難想像沒有路燈的指引，摸黑開車的險象與窘狀。但到底是給我們遇上了，因為自家的車子拋錨，又捨不得就此放棄旅程，於是就租了車子，繼續上路，向已訂好房間的梨山賓館駛去。

由於路上耽擱多時，進入梨山山區已經天黑。同行的友人已經抵達旅館，我們還在崎嶇的山路匍匐前進。

攤開地圖，就著微弱的車內燈光讀著，沒想到地圖上就是一條線，好像只有A點到B點那麼容易。一邊開車，一邊尋找路標，山裡路燈稀少，根本看不清楚路牌。沒有夜行人，連夜行車也罕見。偶爾有貨車迎面而來，上面大概載著高麗菜，或水果。七月正是水蜜桃的季節，接下來就是水梨了。而這些夜行快車想必是趕時間，搶在黎明前到達市集，才能賣得好價錢。

那麼，我們又為了什麼摸黑前進呢？完全不熟悉的山路，完全不熟悉的租用車，幾次開在山壁邊緣，怕壓到田裡的高麗菜，又怕掉進山溝，更擔心滑下山谷！我心裡直犯嘀咕，為了不讓開車的外子分心，我忍著害怕，幫他注意路況。

直到轉個大彎，我們看到那一枚又大又圓的月亮，她正笑盈盈的掛在山頭，那裡，應該就是我們最後一個轉彎，然後就可以進入梨山市區，我心上的石頭終於放下。

外子下車查看岔路標誌，以便確定方向。他也看到那枚大月亮了，還抬頭看了一下，當他回到駕駛座，意味深長的說：「還好有你們在車上，不然我一個人一定不敢開這條路。」我微笑的答：「還好有月亮陪我們。」

後座的孩子睡得東倒西歪，就讓他們睡在溫柔月光下吧，到旅館的時候再叫醒他們。

——原載於二〇〇四年一月九日《國語日報》少年文藝版

遠望「一〇一」

一柱擎天的「一〇一」，雖然尚未完全竣工，但入夜後像是鑲滿碎鑽的寶塔……

從來沒注意那棟建築物是什麼，只感覺它好高，而且頂端經常陷在雲霧裡。每逢陰雨天，它總是比周圍的大樓先被烏雲遮擋，打雷閃電時，總叫人為它擔心會觸電。待天氣晴朗時，彷彿可以看到它周身是鷹架沙網，有時還會冒出零星的火花；在午後安靜的時刻，我懷疑我連那電鑽、起重機發動的聲音都曾聽到過。

住在那樣高的樓層，滋味如何？我家在七樓，冬天的強風已教我受不了。眼前的這大樓，應該就是卡通裡的「天空之城」吧！

從住家陽臺往右方觀望，就可以看到它「遺世而獨立」的身影。它真的很高，高到你在台北市的任何一個角落都可以看見。有時我們從桃園婆家走「北二高」回來，遠遠的就看見它；偶爾，我們到市政府和華納威秀廣場，也看見它，而且愈接近，愈是「仰之彌高」。

最近，我又發現它的蹤影——在台大新生大樓的頂樓遠眺，原本只有「遠企」大樓傲視群雄，現在又多了它，身形瘦高挺拔，更有鶴立雞群之勢。

那到底是什麼呀？我在陽臺上看風景的時候，腦子裡總是想著這個問題。

終於，十一月十五日謎底揭曉，「臺北一〇一大樓開幕，一〇一位名模大展風姿……」我讀著報紙頭條，才恍然大悟，原來我就住在「一〇一」的腳下，我真是個土包子！

看著媒體的報導，洶湧的人潮與車陣，而我竟住在「一〇一」的隔壁街，走路都可以到的距離，沒有塞車與停車的苦惱，怎不教人興奮。我有一種「大隱於市」的快感，計畫著哪一天也去湊湊熱鬧。

一柱擎天的「一〇一」，雖然尚未完全竣工，但入夜後像是鑲滿碎鑽的寶塔，已是光芒耀眼。

四歲的潔兒稱它是「一〇一寶劍」，把它當作回家的地標，又想像那是一座豪華的五星級旅館，說：「一〇一蓋好了，我們就要搬去住了。」

我覺得她比我更像時髦的台北人。

——原載於二〇〇三年十二月三十日《國語日報》少年文藝版

碧潭好心情

我們兩人一組，男生負責划船，女生負責「看風景」……

來到碧潭，我才知道我是個多麼典型的都市人！我多久沒看見完整的天空，多久沒有踩上真實的泥土？那碧波盪漾，小艇來往，都引發了我內心對水和海洋的鄉愁。

位於台北縣新店的碧潭，是個歷史悠久的名勝，捷運通車後，它更成為台北人的後花園，隨時可以「到此一遊」。雖然它周遭的景觀已相當人工化，手划船被腳踏船取代，老人茶棚不敵新潮的咖啡館；但它始終充滿魅力，每逢假日，總是人潮擁擠，笑聲洋溢。碧潭雖小，卻是大台北地圖上的一顆綠寶石呢！

記得大學時，偶爾和三五好友去划船，那時才漸漸領略碧潭的水色之美。我們兩人一組，男生負責划船，女生負責「看風景」——因為那還是個講究「女士優先」的年代，男同學為表現他們的雄壯威武和紳士風度，所以自願充當苦力；我們女生只好假裝是弱不禁風，只能撐把小花傘坐在船尾，像個古典美人一樣迎風微笑。

抱著紅球的小兔也想去碧潭（2014年購於日本鎌倉，音樂盒）。

後來，我和「某男子」也曾經同遊碧潭。不服輸的我先向他請教划船的原理，然後就大聲對他說：「分我一支槳，我也要划船！」「某男子」起先頗詫異，繼而十分嘉許我是個女中豪傑，就讓給我一支槳，挪出一半座位，我們兩人並肩划船，他管右邊，我管左邊。經過一小時的魔鬼訓練，我這才知道，原來划船這麼費力，但卻是這麼有趣！

「某男子」後來成為我的丈夫。他因此知道我是個「孔武有力」的女人，從此不必為我擔心太多事情。

最近一次去碧潭，是在SARS疫情稍緩的某個週日。人潮少了些，但水面上的腳踏船仍然來來往往，熱鬧得很。

腳踏船是屬於孩子的：當我們身穿救生衣，全家人坐上「鯨魚號」努力「踩」船時，孩子們都笑得好開心，沒有人喊累。

女兒問我為什麼喜歡來碧潭，我回答：「因為，碧潭給我好心情。」

——原載於二〇〇三年七月十一日《國語日報》少年文藝版

醉月湖和Starbucks

在咖啡香醇、燈光朦朧下，我和同學們談詩……

那是個涼爽的秋天，正當年輕的我們聚集在醉月湖畔，開始第一次的「現代小說討論會」。

那年我大一，中文系的新鮮人，對文學有強烈的關懷和熱情，所以和三五好友自組討論會。

也是個氣候舒適的初夏午後，在醉月湖畔，博士班的學長攜來一張八大山人的「寒鴉」圖（？），跟我們說：寫一首七言絕句吧。

那是大二，系學會辦了個古典詩習作班。大部份都在文學院教室裡上課，偶爾到戶外「寫生」，像那次醉月湖畔的七絕之作。

直到今天，當我走過醉月湖畔，我都會經常想起那一段「文藝青年」的歲月。

那也是七〇——八〇年代的台大校園風氣吧！放學後，在校園的某個角落，除了醉月湖，傅園、傅鐘、總圖、洞洞館（今之哲學系館）等，也都可看見一簇簇人群與社團，或者唱歌遊戲，或者談論時事，或者辯論哲學問題。最有氣氛的，還點著蠟燭，在燭光下心靈交流。

現在我當了台大的老師，偶爾也應邀到社團演講。我很好奇，現在的「文藝青年」都在哪裡「出沒」呢？

幾次演講下來，最感新鮮的是，除了教室，也有社團邀我到café演講。在咖啡香醇、燈光朦朧下，我和同學們談詩，討論他們的作品。這像是閒話家常，去除了演講者的權威感，講一些風花雪月、美麗動人的新詩，還真的很能融入其中——一定是咖啡因起了作用！

當然，café的消費是比較貴的，我不免為學生憂心。還好，這些e世代的孩子們是不愁這個的。他們還順便告訴我，校園附近有哪些café，各有什麼特色。「像Starbucks這種店呢？」我問。他們笑了，顯然只有初級者才會去這種美式聯鎖店，而當時的我連這個都還沒見識過。

我又問：「那你們平常都來這裡尋找文藝氣息嗎？」同學又笑了，他們還沒有如此奢侈，或者沒這麼「有閒」，他們大都在「上網」，要不然就是在手機上「哈拉」。

這次，換我笑了。

我笑的是，原來除了Starbucks，還有一個我很少涉入的「虛擬空間」。也許下次的演講是要到「遠距教學中心」，對著麥克風、電腦螢幕，和一群「虛擬」的觀眾對談了！

——原載於二〇〇四年十二月七日《國語日報》少年文藝版

夏日小調

紅紅綠綠的豆子和亮晶晶的碎冰摻雜在一起，就像是一帖消暑劑，頓時叫人胃口大開。

炎炎夏日，一向飲食正常的我終於敗陣了，一點兒胃口也沒有。我叫外子幫我買一碗有紅豆綠豆的刨冰，充當午餐。

刨冰買回來了，紅紅綠綠的豆子和亮晶晶的碎冰摻雜在一起，就像是一帖消暑劑，頓時叫人胃口大開。我吃得津津有味，卻不忘告誡一旁的兒女：「不能這樣吃冰的。這只是偶一為之！」

「自己愛吃冰不說！」

哈哈！此話一出，全家人都識破我的假權威。我於是想起童年夏日裡，母親經常準備綠豆湯和米苔目當午餐，那是我們唯一可以吃冷食的機會。一般人喜愛的涼麵，並不在母親的許可名單內。偶爾，母親也會自市場買回來愛玉或仙草，加些糖水，就成為我們愛吃的甜點。不過，像這樣直接拿刨冰當午餐的，母親一定不准。

但是叛逆的女兒，或者說是犯規的媽媽，可不止我一個。有個朋友曾告訴我，有一天她給孩子吃冰淇淋當午餐，結果母女感情大增，好不快樂！

除了冰，沙拉應該也算是夏日的消暑聖品。把各色蔬菜洗切冰鎮，淋上各種沙拉醬，就是一道好吃又營養的美食了。印象猶深的是，我曾吃過以櫻桃為主的沙拉盤，那是去英國旅遊時，在地的友人以當令的櫻桃招待我們，物美價廉，賓主盡歡。

也記得，台大的廖蔚卿老師教我用美乃滋調番茄醬，就成了千島醬的口味。而西餐廳的沙拉吧，「醬」品之多，真是令我大開眼界，恨不得每一種都嘗嘗看，也才知道沙拉之味，盡在其醬。

綠竹筍、蘆筍等，燙過放涼，加上沙拉醬，清爽可口；芥藍菜淋上蠔油，也很好吃，這是趙國瑞老師教我的。

有一次還吃到涼拌苦瓜，顏色依舊翠綠，口感極佳。餐廳老板告訴我，那是將苦瓜略加汆燙後，立刻削成薄片，以冰水浸泡，才能保持風味。又有一次，吃到「涼拌蟹」，老板說叫「嗆蟹」，是把生蟹直接以酒浸泡，冰透了，也就凍熟了，生鮮甘甜，是夏天最好的下酒菜。我才了解，招牌小菜正是老板的秘密武器。

炎炎夏日，幸好有這些冰品冷食，叫人一嘗而食指大動，否則，有多少人都快成了

「茶不思，飯不想」的可憐蟲。一碗四色刨冰、一杯草莓冰淇淋、一盤翠玉苦瓜、一道嫩筍沙拉……它們吹響了夏日小調。

——原載於二〇〇三年八月廿九日《國語日報》少年文藝版

晚風中的笛音

彷彿我是一千零一夜說故事的人，直到黎明來臨，才捻熄最後一個韻腳……

總是這樣的，在晚風中我走向普二〇二教室。我總想像我是一支晚風中的高音笛子，點燃了夜的眼睛，讓他們看見詩的光譜，然後他們也會變成各種高高低低的笛子，我們便在晚風中吹響每個季節的音符。

歡樂、悲傷、理性、唯美、永恆、瞬間、遲疑、堅信……我用過太多太多的字眼來形容晚風中的曲調，彷彿我是一千零一夜說故事的人，直到黎明來臨，才捻熄最後一個韻腳，把那些故事和詩篇晾在高高的枝枒上。

這是我的現代詩選課的感言。每週一晚上的六點三十分到八點零五分，台大夜間部進修學士班的選修課。我做著夢，說著夢話，然後搜集學生們的夢想。詩是睜著眼睛的夢遊，我懷疑，我是不是曾經從講臺上摔下過？而親愛的學生們，你們可學會了作夢，理直氣狀的說夢話？你們是不是記得徐志摩的〈再別康橋〉、余光中的〈鄉愁四韻〉、向陽的〈搬布袋戲的姐夫〉……就算你們不記得那些詩句，總該記得那配了曲調，好聽的現代詩歌演唱，以及詩人親自朗誦、親切有味的聲響吧？

我呢，我當然不會忘記，討論鄭愁予作品時，每個小組都使出渾身解數，運用多媒體資源，把鄭愁予的〈錯誤〉、〈水巷〉、〈殘堡〉、〈浪子麻沁〉等詩，表現得興味淋漓。連旁聽的幾個同學都忍不住加入討論，分享心得。當然更不能忘記，「女詩人作品討論」單元時，夏宇的語言帶給我們的新奇趣味，而蓉子、席慕蓉的溫柔優雅，也一樣使我們感動於心。

課程結束了，我這吹笛人有沒有成功蠱惑你們，一日讀詩，終生愛詩？不管怎樣，我至少讓你們蓋下詩的手印，製作一本自己班上的詩集《他們一起獨舞》。我不是《浮士德》裡專門收買靈魂的魔鬼，我只是希望我吹的是詩歌的魔笛，讓你們墜入詩網。希望這一本詩集就是你們超越現實的夢言夢語，而你們也將保持編織夢想的能力。我仍然是那晚風中的笛子，催你們入夢，以詩歌的的旋律。

——原載於二〇〇四年十月十五日
《國語日報》少年文藝版

風車轉動，晚風中的笛聲響了（2009年購於荷蘭萊頓）。

早餐哲學

原來土司加果醬，也可以變成這麼好玩的遊戲，咬下土司的第一口，充滿了驚喜……

「一日之計在於晨」，吃頓豐富的早餐可以提振精神。但有關早餐的記憶，卻通常被美食家與散文家忽略。也許早晨的時間總是那麼匆忙，趕著上班上學，大多數人可能不在意他的早餐吃了什麼，或者他根本就是日復一日的——奶茶三明治、飯團豆漿。

但總有些特別的吧！

有天早上，我遇到某教授，我看他神采奕奕，但穿著休閒，就好奇的問他去哪兒。他說正要去×××大飯店吃早餐。

「搭公車？現在？」我一臉疑惑看著他。

他說他最喜歡在沒課的早上，到大飯店吃早餐，有時候帶本書，有時候看報紙，消磨晨間時光。他說就這麼小小的奢侈一下，即使不是出國旅行，也有如觀光客的舒適自得。

「真豪華！」

「你也可以試試。」

好「炫」的早餐方式，顯示了他個人的「早餐哲學」。

我又想起，兒子讀幼稚園時，我經常拿土司麵包給他當早餐。每當我問他：「要塗什麼果醬？」他總是有奇特的組合法：一半花生醬，一半草莓醬；不然就是一半奶油，一半葡萄果醬。有時更混合了甜鹹口味，一半起司，一半巧克力醬。

我接到這樣的「訂單」，真是一頭霧水，真不知道這樣的土司有什麼好吃的？但也只能應其要求，把兩種果醬塗在一片土司上，再蓋上另一片，送給他一份特製土司。

直到有一天，我盯著兒子吃早餐，看他慢條斯理的拿起土司，上下轉了兩圈，才一口咬下去。只聽到他驚叫一聲：「啊，是草莓的！」他又閉眼嚼了嚼，彷彿正在享受好滋味。然後他又把麵包轉了轉，咬下去，說：「這邊一定是花生的。」他猜對了，賓果！

那刻起，我才了解他的早餐哲學。原來土司加果醬，也可以變成這麼好玩的遊戲，咬下土司的第一口，充滿了驚喜，美好的一天就此展開。

我想只要用點心，平凡的奶茶三明治也有它自己的哲學吧！

——原載於二〇〇三年八月五日《國語日報》少年文藝版

第一個珍藏的玫瑰咖啡杯
（1993年購於台北）。

糖果頌

汽水糖，含在嘴裡，簡直像一千個不安定分子在你嘴裡跳躍……

沒有一種禮物像糖果一樣，需要這麼費心的包裝。也沒有一種零食像糖果一樣，叫人吃了甜在嘴裡，旁觀的人卻一再說：「夠了，夠了，小心蛀牙！」

糖果是誘人的，而且色、香、味俱全。光是糖果紙的設計，就令人眼花撩亂，色彩鮮豔，圖案五花八門，有卡通式的逗趣，也有古典名畫的優雅。收集糖果紙，曾經是小女生流行的嗜好，用一張張的「情人糖」包裝紙，可以摺出一個個美麗的公主，她們都穿著篷篷裙，梳著高高的髮髻，伸出細瘦的手臂，在我的書桌上跳舞。「白脫糖」的包裝紙也不錯，它印的荷葉花邊摺起來正好是裙襬的裝飾。有的包裝紙厚些，顏色艷麗，金色系的，壓平後當作書籤也不錯。

糖果的香味，自然以巧克力最吸引人，但別忘了，牛奶、奶油也有畫龍點睛的作用。平價的牛奶糖，也曾經是許多人夢寐以求的點心。加了水果的味道，也使糖果變得更有特殊風味。草莓糖最普遍，榴槤糖，你需要一點勇氣去試試。

軟糖、脆糖、硬糖，人人各有不同喜好。「牛軋糖」的「軟硬兼施」常叫我迷惑，咬下去，先把固體的糖料嚼成鬆軟，當它正與舌齒糾纏不清時，忽然又冒出幾粒脆花生，讓人不得不多嚼兩下，好像馬兒在吃草，閉著嘴磨它一磨。可以與之比美的，大概只有包著夏威夷豆的巧克力。棉花糖，一口咬下去，似有若無，讓人體會什麼叫「虛無縹緲」。汽水糖，含在嘴裡，簡直像一千個不安定分子在你嘴裡跳躍。最近，我還吃到一種「麻辣糖」，顧名思義，辣得你舌頭發麻！

有個牙醫朋友說：「別捨不得給小孩吃糖，你看他們吃得多開心啊！」「蛀牙是可以預防的，只要你勤刷牙，而且刷得乾淨。」牙醫朋友不忘補充這一條原則，以表示他的職業道德。

那麼，還有什麼好擔心的？如果你懷疑這牙醫有預謀，也只能怪糖果實在太誘惑人了。不只小孩愛吃糖，最近我那八十多歲的外婆開始迷上三合一咖啡，她的理由是：「因為裡面有加糖。」

糖果萬歲！你是甜蜜國的使者，有了你，這世界縱算有再多的痛苦，也因為你而減輕三分。你是喜氣洋洋、甜蜜幸福的代言人，也是失意者舌尖最真實的一絲安慰。

——原載於二〇〇三年二月十八日《國語日報》少年文藝版

友情巧克力

他們若不幸被敵人俘擄，舉手投降時，一定高喊：我愛巧克力……

美味可口的巧克力，各種精巧的造型，多麼誘惑人哪！不管是情人節、耶誕節，還是過生日、結婚之喜，甚至是晚會抽獎，你都可能得到一盒包裝精美，打開來又充滿驚喜的巧克力！

「嘗一口吧！」

「請嘗嘗我吧！」

巧克力用香濃的語調在你耳邊呢喃，於是你的手指自動走到巧克力面前，迷迷糊糊拈起一顆巧克力色的小磚頭，「叩」一聲，舌頭和那軟軟的外皮談起戀愛，而牙齒竟和一顆脆脆的豆子吵起架來……哦，原來這是一顆包了夏威夷豆的巧克力糖啊！

巧克力就是這麼有魅力，無論是小孩、大人、男生、女生，甚至是狗狗，都可能是巧克力的信徒，他們的憲法第一條是：我愛巧克力；他們的通關密語是：我愛巧克力；

他們若不幸被敵人俘擄，舉手投降時，一定高喊：我愛巧克力。

他們的敵人——最注重健康美容的營養師說，巧克力熱量高，吃多了會發胖，引起血管疾病，還容易長青春痘。

這可是個嚴重的問題。有沒有吃了開心又不發胖、長痘痘兒的巧克力呢？

經過長期的研究，巧克力派的信徒終於發現一個秘方：加入「友情」的配方，分送出去讓好朋友分享，不但免去這些缺點，巧克力顯得更神奇了。

當你悲傷，有人送你一盒「友情巧克力」，你的傷口馬上痊癒，而且比以前更堅強。

當你快樂時，該你送一盒「友情巧克力」給朋友，你的快樂指數將自動上升，而且可以長久保值。

你相信嗎？巧克力使人發胖，但是「友情巧克力」，增加你心靈的能量。

——原載於二〇〇一年三月九日《國語日報》少年文藝版

套圈圈

你一邊瞇起一隻眼睛，一邊以充滿自信的姿態，像后羿射日般，很「帥」的拋出手中的藤圈圈。

你站在粉筆畫的界線上，伸出手臂比一比，只不過比手臂多那麼一兩公分，「有什麼困難的？閉著眼睛都套得中！」你的志氣不小，並不把最近距離的那排小泥偶看在眼裡，你想的是最後一排，黃色的大皮卡丘玩偶。因此，你要套中的是它身旁的汽水罐。

你一邊瞇起一隻眼睛，一邊以充滿自信的姿態，像后羿射日般，很「帥」的拋出手中的藤圈圈。「刷！」「噹！」沒想到俐落的兩個聲響，不到三秒鐘的時間，就打碎了你的夢想，沒中。老闆用眼角瞄了一下，似笑非笑的表情，更激發你雪恥的決心。

再一次，你聚精會神，朝目標發射。這次，你手中的藤圈圈變成哪吒的乾坤環，甩出去，「叩！」竟然「擦板」，碰到那汽水罐又彈了出去，在玩偶的行陣中滾呀滾的，五秒鐘後，終於不支倒地。而這次，老闆竟然看都沒看一眼。

可惱啊！你發了瘋似的，連續丟出手上的藤圈圈，那麼多個，總不會連一個都不中吧。

但是，真的一個也沒套中。老闆已經起身，準備收拾散落的藤圈圈了。

你只剩下最後一個藤圈圈。嘈雜的夜市，人來人往，沒有人了解你心中升起的「悲情」；我一定要贏。

「最後一次機會，勝利。」你在心中默喊。

「咻！」你還是想套那個大皮卡丘，藤圈圈飛得老高老遠。「叩！」「噹！」又是「悲劇」重演，藤圈圈碰落後四處滾動，眼看又是功敗垂成……

「哇！中了。」一旁人替你叫出來，你才回過神來，定睛一看，是第一排的陶瓷小鴨。好小，比皮卡丘的小胖子還小。

但是你已經很滿足了，「踏破鐵鞋無覓處，得

橄欖球牛牛說：看我套圈圈的神準技術。

來全不費工夫」，有時意外的收穫，更讓人感覺幸福。

——原載於二〇〇一年六月八日《國語日報》少年文藝版

五十元的禮物

第三份禮物包裝特別華麗，送禮者也跳出來說「這東西本來三個五十……

有個朋友告訴我，他最近參加一個派對，主人特別規定每位來賓都必須攜帶一份價值五十元的禮物，參加最後的摸彩節目。

「不能多也不能少，就只能是五十元。」主人特別叮嚀。這些來賓都是成年的上班族，要準備豐盛昂貴的禮物並非不可能，倒是限制在「五十」這個數字上，還真叫人為難。

到了摸彩時間，主人開始叫號了，第一份禮物也被送出去了。得獎的人還來不及拆開，送禮者就很熱心的跑過來，解釋說：「我好不容易才找到這兩隻水晶海豚，在淡水老街買的。嗯，其實是玻璃的，不過很漂亮，而且剛好五十元吔！……祝你像海豚一樣聰明可愛。」

第二份禮物送出去了，送禮的人也趕緊出面：「我就知道你會抽到這個，你需要一

五十元的土瓶有說不完的故事（1999年購於琉球）。

條幸運的手機帶。這是手工編製的，是個『美眉』自己做的，我跟她說是要送給一個帥哥，她才降價優待的。」

第三份禮物包裝特別華麗，送禮者也跳出來說：「這東西本來三個五十，我心想正好符合規定，當下掏錢要買。誰知老闆看我十分『阿沙力』，不會講價，就硬要多塞給我一個。我不肯占人便宜，老闆說那算我三個四十，」說話的人此時還嚥了嚥口水，「我說這萬萬不可，我就是只能用五十元買你三個蘋果。」老闆終於會意，也覺得十分有趣，就拿了小籐籃、玻璃紙和緞帶，把蘋果包裝得漂漂亮亮的。「我這是高級禮品，當然要有精美的包裝。」老闆把「高級禮品」交給他時，還眨眨眼說：「三個五十，包裝免費。」

就這樣，第四、五、六……所有禮物都送出去了，每個禮物都剛好價值五十元，而且都有一段特別的故事。

用五十元準備一份禮物和溫馨的故事，下次的派對，你不妨試試。

——原載於二〇〇一年九月四日《國語日報》少年文藝版

最後一塊蛋糕

而那最後一塊蛋糕也在你叉一口、我搶一角的情況下，被搶得四分五裂……

偶爾，看了一部好萊塢電影「新娘百分百」，對其中一段情節印象深刻。電影裡說，那是英國某地區的習俗，當親朋好友聚餐，最後只剩一塊蛋糕時，在場的人必須輪流說出自己不幸的遭遇，最倒楣的人才可以獲得那一塊蛋糕。

為了搶到那美味可口的蛋糕，只見每個人都使出渾身解數，唱作俱佳，甚至不惜聲淚俱下的哀號著：「看呀！我多麼可憐，這塊蛋糕應該是我的。」正當他要伸手掠奪時，馬上有另一隻手

在空中攔劫，伴隨著更淒厲的哭喊：「差得遠呢！你聽聽，我從小就沒有一天快樂過，尤其最近……」原來，這山還比那山高，永遠都有人比你更可憐。而那最後一塊蛋糕也在你叉一口、我搶一角的情況下，被搶得四分五裂，最後差點兒連盤子都給啃了。

最後一塊蛋糕真的那麼好吃嗎？除了「燈光美，氣氛佳」，你搶我也搶的熱鬧之外，其實，在比較「你沒有我倒楣」的時候，已經不著痕跡的安慰了對方。有時候，平日不易說出來的委屈，也可以藉此機會傾吐一番，在假戲真做的情況下，涕泗縱橫，口角全是泡沫，也沒有人嘲笑。反正，為達目的不擇手段嘛，旁人只當成是在比賽演技，也不會說破你內心的軟弱；搶食最後一塊蛋糕，正好是一次自我的心理治療，也可感覺彼此間深厚的默契和情誼。

如果換個方式，最幸運、最得意的人，才能獲得最後一塊蛋糕，那會是怎樣的呢？想必是人人自吹自擂，而旁人頻頻「凸槽」；想必是一方費盡心機，志在必得，另一方也千方百計阻撓，先把他的氣燄壓下來再說。鹿死誰手，蛋糕終入誰口？脣槍舌戰之後，也許一口蛋糕也沒嘗到，但卻分享許多的歡喜愉快、成功快樂，你說值不值得？

你不妨仔細想想，每一次和家人朋友的聚會，最後一塊蛋糕，是怎麼分掉的？

——原載於二〇〇一年八月廿八日《國語日報》少年文藝版

卷三　夏日的喜劇

什麼？有沒有搞錯？限時申請，逾時恕不受理？面臨升高中的關卡，這番話聽起來多麼「壯烈」，簡直就像在說：「母親大人，如今天下危急，我只有慷慨赴義，投入革命的行列了！」

某教授的感恩家宴

原來她是今天主角人物的母親，盛裝打扮的她，臉上有掩不住的驕傲和喜氣……

俗話說：國有國宴，家有家宴。您瞧，這一天，在台北市的某餐廳，不正在舉行一場頗為盛大的家宴！

怎見得？請您仔細瞧瞧，一行三十五人，有老有少，有男有女，就算不是一家人，也一定是「親戚五十」大串連。通常只有吃喜酒、滿月酒或壽宴才有這種場面，但看樣子分明不是。

有了！我們先來請教一下這位滿頭銀髮的老婆婆。

老婆婆今年八十八歲，她說的是閩南語：「聽說是阮孫女做教授啦！伊自小就很會讀書，考上北一女的時候，我還送她一台錄音機哩！」

老婆婆記性真不錯，她還小聲的說這孫女小學一年級當班長，管男生可兇得很呢。

旁邊的婦人接著說：「我這個外甥女確實很棒。別的不說，光是她一邊唸博士，一邊養兒育女，又要自己洗衣煮飯，這就很了不起。現在又升等為教授，我這個做阿姨的，真的要給她『喔樂喔樂』。」婦人國語加閩南語，「喔樂」是誇獎的意思。

再過去的一位婦人，始終面帶微笑，聽到這裡，她也開口了：「沒有啦！都是大家不甘棄嫌，大家都有鼓勵到啦！還有，嫁到這個老公真的很不錯，幫忙帶小孩、做家事，也很有功勞的。這款女婿嘛是點燈仔火沒得找。」原來她是今天主角人物的母親，盛裝打扮的她，臉上有掩不住的驕傲和喜氣。

而主角背後那個偉大的男人呢？只見角落的餐桌上，戴著深度近視的他，正忙著安頓小女兒吃青菜沙拉。

再找個男士問問。

「我嗎？我是教授的弟弟。」年輕的男子清清嗓子，說：「我現在是公司的行銷總監，但是我只有高職畢業。都怪我姊姊，她一個人把我們的書都讀完了，哈哈！對不起，我要去幫大家拍照了。」

鎂光燈此起彼落，主角終於現身，神情有點激動的她不斷說著謝謝。在大家的簇擁下，主角的母親把一條金項鍊套進她的脖子，母女倆還擁抱了許久……。

以上，您都瞧見了：某星期天中午，台北市某餐廳，台灣大學某教授的感恩家宴。

——原載於二〇〇五年六月十四日《國語日報》少年文藝版

小獅總是在媽媽頭上玩耍（2007年購於北京，布面貼繡）。

阿足米粉湯

米粉湯是她的主打餐點，傳統的大鍋粗米粉，用肉骨湯熬煮，不加味素，甘甜又健康……

阿足，一個非常通俗的名字，台灣味兒的「菜市仔名」。但我認識的這個阿足女士，的確在菜市場做小生意，她賣的是米粉湯。

阿足米粉湯沒有掛招牌，但因為地處菜市場入口，到這裡買菜的歐巴桑、歐里桑採買完畢，都免不了順便「交關」一下再走。到了中午，附近的上班族也會光顧，小小的店面擠得幾乎無立足之地，連外帶的客人也大排長龍。阿足店長和幾個伙計忙得滿頭大汗，即使在大冷天也不例外——真是高朋滿座，不亦「熱」乎！

米粉湯是她的主打餐點，傳統的大鍋粗米粉，用肉骨湯熬煮，不加味素，甘甜又健康。配上油豆腐、粉腸、肝連肉、嘴邊肉、滷豆干等小菜，另有切仔麵、貢丸湯等，都是道地的台灣小吃。每天從清晨四、五點開始準備材料，午餐是尖峰期，晚餐客人較少，但也要到八點多才能開始清理鍋爐休息。店裡的人手除了阿足，還有她的丈夫、三個女兒，現在連二女婿也來幫忙。這家族式的小吃店，在阿足的帶領下，一家人合作無間，生意蒸蒸日上。更難得的是，閒暇時夫妻、母女，還有左鄰右舍互相開開玩笑，其樂融融。連阿足八十歲的母親，也常常自己搭公車到這裡吃午餐，順便找人聊聊天。阿足的大姊退休後，也經常帶著小孫女到店裡湊熱鬧。這裡，簡直是家族聯絡站，人氣「超」旺。

認真說來，這個店面也是有家族淵源的。這地方本屬阿足的二姐所有，先讓給她們的父親開早餐店，賣清粥小菜，後來改賣水果。老人家過世後，由阿足夫婦承接租約，仍然是水果行。經過幾年，阿足決定改賣米粉湯，沒想到因此大發利市。再者，阿足的大姐夫婦也曾經在她店門口擺張桌子，賣養樂多，過年時還賣年糕。

看不出來吧！這小小的三坪店面，包羅這麼濃厚的人情世故。阿足的一碗碗米粉湯，還養大了五個孩子。前三個女兒幫忙她看店，都有好歸宿；老四是兒子，大學畢業，也已娶妻成家；么女未婚，目前擔任會計工作。

說了半天，阿足不是外人，正是我的三阿姨。這好吃又有人情味的阿足米粉湯，就在台北市信義路某個大巷子口，歡迎大家來捧場，包君滿意。

——原載於二〇〇五年七月一日《國語日報》少年文藝版

夏日的喜劇

真聽不懂這新新人類在說什麼外星語言！難道他不懂先苦後樂的道理嗎？

已經是夏末，但這個夏天，我們可是歷經了一場難得的「喜劇」。

記得是六月六日的中午，平日很少用手機的我，突然發現有一通新留言。是誰呢？「媽！我是××，我已經拿到基測成績單了。我們學校規定今天下午兩點以前要辦好申請直升手續。現在是十點半，如果你和爸爸在十二點半以前沒有人回來或回電，我就要自己去辦直升了。」

什麼？有沒有搞錯？限時申請，逾時恕不受理？面臨升高中的關卡，這番話聽起來多麼「壯烈」，簡直就像在說：「母親大人，如今天下危急，我只有慷慨赴義，投入革命的行列了！」不行，我得趕緊打電話回去，免得這小子一時衝動，改變了他的一生。

電話很快接通了，我再問一次，情形仍然如此。我還是不相信，又問：

「怎麼會這樣呢？難道直升的申請表上不需要家長簽名嗎？」

「沒有呀！只有考生簽名欄。」

什麼？這是什麼世界？叫十五歲的孩子自己作主？整個直升高中部的辦法章程只有一個地方提到家長：「由家長或考生將報名表送至本校教務處。」

「那，那你就等爸爸消息好了。」我悻悻然掛掉電話。

孩子的爸根本沒打開手機，直到下午三四點才了解狀況，為時已晚矣！

從第一次基測考完後，我就力勸這小子準備考第二次。最好就去參加補習班的「考前衝刺班」，聽說這種班有如魔鬼訓練營，用功者可以進步一、二十分。這麼一來，這小子不就可以衝上前三志願了！我打著如意算盤。

沒想到這小子「抵死不從」，紅著眼眶說：「這樣很累耶。而且我就少一個月的假期了。」

真聽不懂這新新人類在說什麼外星語言！難道他不懂先苦後樂的道理嗎？

後來連孩子的舅舅也加入勸說：「別把它想成魔鬼訓練營，就當成是快樂成長營，試試看，給自己一次機會嘛。」

「要是沒進步呢？我不就白費工夫了。」一向溫順的這小子，被逼急了，也開始反駁。

一攻一防的話語猶在耳邊，沒想到返校拿成績單的半天，卻造就了這小子往後三年的命運。

直到第二次基測結束，我問他其他同學的狀況。也不知是真是假，沒有幾個人考得比第一次好，有的甚至更糟。更重要的是，錯過了申請直升的時機，要想登記分發到母校的高中部，競爭還挺激烈的。

我，第一次充當考生家長的孩子的媽，終於笑了。

——原載於二〇〇五年九月十六日《國語日報》少年文藝版

貓：「聽說他要自己去辦直升了。」
（2008年購於馬來西亞沙巴）

一對金手鐲

原本耀眼的金黃變得有些暗沉，然而每逢年節慶典，母親必然戴上它們……

每當我戴起那隻金手鐲時，我覺得自己還真像個珠光寶氣的貴夫人。然後，我又套上了金項練，配上紅寶石的戒指，看看鏡中的自己，不只是貴夫人了，簡直就像個福祿壽喜的老太婆。

好在這只是偶一為之，在過新年的時候，或是家族中有喜慶的時候，我才作此打扮，把所有的「家當」都往身上披掛。

這隻金手鐲重量很輕，但因為精心刻鏤，看起來很有價值感。依民間說法，它叫「軟環」，因為鐲身輕軟，由幾條細絲交纏成網狀綰合而成，像鏤空的雕花錦緞一般。手鐲本是一對，另一隻在我妹妹那兒。而這一對，其實也是舊金翻造，拿去銀樓修改時，師父直誇好手工，怕新打造的，遠不如原物。

那手鐲原是母親的嫁妝。只是經年累月，原本耀眼的金黃變得有些暗沉，然而每逢年節慶典，母親必然戴上它們，在粗大乾枯的手腕上顯得有點兒突兀。但母親的神情卻是慎重的，彷彿每次過年過節都是盛典，她一定盛裝以赴。

妹妹訂婚時，母親拿出了那對手鐲，告訴我們，改成新品後，我和妹妹一人一隻。我心中暗笑母親的「慫」（俗氣），這年頭還有人戴這種東西？

妹妹出嫁那天，戴上了親友送給她的金飾，其中當然包括那重新翻造的手鐲。親友簇擁著她說，穿金戴銀的新娘子，看起來好福氣！我偷偷瞄了瞄母親，她的眼眶正泛著淚水。

我摸摸我手腕上的同款金手鐲，有些情愫忽然湧上心頭。我們家有姊弟四人，我排行老大，底下是大弟、妹妹和小弟。我已嫁作人婦，妹妹比當年的我晚婚，她一出嫁，母親就失去可以談心的小女兒了。雖說這是個男女平等的時代，但嫁女兒總是充滿依依不捨之情，母女連心，我卻到此時才知道母親對我們姊妹的疼愛與惦念。

於是，這隻老式的金手鐲，我不再嫌棄它「慫」。我也仿效母親，每逢年節與親友間的盛會，一定戴上它，儘管把自己打扮得像貴夫人、老太太，我知道母親看了一定很歡喜。因為我也像她一樣，用敬慎的態度，面對這個凡塵俗世，面對這個充滿溫情的人間。

——原載於二〇〇三年一月廿一日《國語日報》少年文藝版

小烘爐：家的興旺，水晶項鍊：一生平安。（母親贈送）

汽球伯

沒有人知道汽球伯住在哪裡，真正的名字叫什麼……

汽球伯有個大大肉肉的鼻子，笑起來時牙齒黑黑黃黃的，老實說還真有點兒嚇人。只要他一出現，村子裡的小孩就通通圍在他身邊，伸出小手，嚷嚷著：「給我汽球，給我汽球！」他起先不理睬，只想要甩掉這一群蒼蠅似的孩子，好趕快進入祠堂拜拜。但小鬼難纏，他只好從口袋裡掏出一把紅紅綠綠的汽球，丟得高高遠遠的，孩子們蜂擁而上，他才得以脫逃。

「汽球伯，你幫我吹。」

「先吹我的。」

等到汽球伯從祠堂走出來，又有幾個孩子「逮」住他，叫他幫忙吹氣球。這些孩子通常是年紀比較小的，要不然就是女生，吹不動汽球，更怕汽球爆破。也許是辦完事了，這時候汽球伯會比較有耐心，慢慢吹、慢慢捏，把嘴上的長條形汽球捏成米老鼠、小花籃、寶劍等，變魔術似的，惹得孩子們讚嘆連連。不一會兒，他的身邊又圍繞著一群小毛頭，人人叫喊著：「幫我吹！」「我也要！」「是我先來的！」

汽球伯一連吹了十個汽球，最後一個他做成花環，套在某個小孩頭上，忽然大吼一聲：「去，去，去！阿伯沒空了，不要擋路，猴囝仔！以為我吃飽太閒啊！」他吼著，一邊大步往前走，一邊又從後面褲袋裡掏出一團皺在一起的汽球，背著手撒出去。本來被他嚇住的孩子們眼睛一亮，又一窩蜂搶著撿起地上的汽球。

這下子，搶到的孩子得意洋洋，沒搶到的，要麼哇哇大哭，要麼跟著汽球伯的背影狂追，嘴裡哭號著：「汽球伯，給我汽球！汽球伯，給我汽球！」

汽球伯消失了，在遠遠的街角。沒有人知道汽球伯住在哪裡，真正的名字叫什麼。也許大人曾經說過，但孩子們只知道他叫「汽球伯」。汽球伯是這村子裡的人，他的祖先牌位還供在祠堂裡，他只不過是到外地做生意罷了。有人說他在賣蛔蟲藥，所以才有那麼多汽球。也有人說，他在歌舞團當小丑，看他的鼻子就知道。也有人說，他是有錢的董事長，因為喜歡小孩，所以隨身帶著汽球。

但汽球伯一定會再回來的，在每次盛大的家族祭典時。

汽球伯消失了。汽球伯回來了。

汽球伯就這樣在我童年的生活裡，烙印下一個又一個彩色的夢。

——原載於二〇〇三年四月十一日《國語日報》少年文藝版

後來，我每次煮咖哩飯時都會想，她是循循善誘呢，還是對我使了「激將法」……

真正的黃金女郎

曾經有部影集叫「黃金女郎」，描寫四個年老婦人的生活點滴。由於四個人個性相異，因此常有新鮮事發生，彼此交會出動人的光芒。

那時我常想，這四個老婦人真是有趣又有智慧，她們不因為老，就自怨自艾，反而充滿活力，經常學習新事物，努力實現自我。等我老的時候，也有可能變成黃金女郎嗎？這恐怕是戲劇塑造的假象，我週圍的老婆婆老太太們，大都一直為家人操心，到老了也不得清閒，彷彿一輩子都沒有為自己活過。

直到認識趙老師，我才相信人間有真正的黃金女郎。

也許我應該先說，趙老師是個快樂的單身女郎——以她現年六十出頭的年齡看，那個時代敢堅持單身身分的女性可謂鳳毛麟角，不僅受人注目，還可能受人歧視，以為她有什麼毛病，所以才嫁不出去。但是，這一切都隨著歲月的洗禮，證明趙老師活得很勇敢，很出色，有自己的風格。趙老師從小學教師一直做到慈善機構的副主管才自職場退休，她對學生的關愛和照顧，比起慈母的呵護有過之而不及。最重要的，她能夠以客觀理性的態度教導學生，她會關心訓練中心收容的殘障學生，但絕不溺愛，照樣因材施教，同時特別著重生活技能的訓練，因為對這些孩子來說，能夠自己洗衣燒飯，才是他一輩子受用無窮的。

趙老師的好學與善教，我是可以見證的。有次到趙老師家吃飯，我極欣賞她煮的咖哩飯。她隨手拿出咖哩塊的包裝盒，告訴我怎樣調配。我說我不懂包裝盒上的日文，怎麼煮呢？她說，別怕，你不是學過日文的五十音嗎，而且裡面有很多漢字，一邊拼音一邊猜，「以你的聰明才智，這點小事還難得了你嗎？」我就在她的領讀下，一字一字的讀完說明書。後來，我每次煮咖哩飯時都會想，她是循循善誘呢，還是對我使了「激將法」？

趙老師是個有赤子之心的人，她出版過幼教書籍，也寫了不少童話。我印象最深的是〈小鯨巴布洛〉，故事藉一隻老鯨魚教導小鯨魚游泳，而且帶牠到大海去探險，直到小鯨魚學會了獨立，老鯨魚功成身退，游到一個沒有人知道的地方。

我覺得老鯨魚最後可能死了，所以更佩服趙老師不畏懼也不避諱談及死亡，顯現從容、優雅與樂觀的人生態度。沒想到我的女兒說：「老鯨魚又去教別的小鯨魚了！」對呀，真是「童黨萬歲」，老鯨魚一定是永遠「學不倦，教不厭」，像個擁有深刻人生智慧的長者。

每逢別人送禮，趙老師總會分送一些給我們。最近，有朋友大老遠送新鮮羊排給她，她也把我算一份，還附送黑胡椒醬，免得我們得另外再去買。她對同住的李老師說：「和朋友分享比和鄰居分享有意義，因為鄰居就在隔壁，朋友住得比較遠，更要特別記得他。」她還說羊排幼嫩又營養，適合小孩吃，我有三個孩子，最適宜。總是這樣的，她對人的關懷體貼，會讓你欣然接受，不會有心理負擔，因為她考量過了，不是隨便送送，更不是貪圖什麼，就是關心和分享。

我和同輩的李老師比較熟，透過她才認識趙老師。她倆本是師生，因為投緣而共同居住。也因此，李老師的好朋友都變成趙老師的朋友，卻享受到如同子姪輩的關愛。我們這些結了婚的婦女同胞，有時還跑到趙老師家吐苦水，舒解一下家庭的壓力。而這兩位單身女郎，也就成了我們的最佳聽眾。我跟她們說：「你們這裡是我的第二個娘家！」

趙老師頭髮已經花白了，但笑容依然親切，永遠是充滿著希望和活力，我幾乎沒聽說過她發脾氣。她不只是保守時代勇敢的單身女郎，直到新世紀，她更是個真正的黃金女郎，成熟、睿智、慈愛，令人嚮往。

——原載於二〇〇三年九月十六日《國語日報》少年文藝版

友誼希望工程

有時觸動往事，我才知道，小沈其實一直非常關心我，只是我渾然無知……

曾經寫了一張卡片給小沈：「人生最怕的是失之交臂，徒然失去一份可能擁有的友情。很慶幸，我們雖然曾經擦肩而過，卻又在此刻認識對方的另一面，並且可以互相關懷，討論學問……」

小沈是我的高中同學，當年我們同是學校的儀隊，聯考後我們都考進中文系，只不過我在台大，她念東吳。接著我們又分別考上自己學校的碩士班，我研究俗文學，她研究戲曲；我們兩校的課程與師資有若干相似，最特別的是，同輩的朋友圈也有很大的交集。但是這麼多因緣際會，我和她卻始終維持「君子之交」，並未成為女孩間無所不談、「姊妹淘」式的好朋友。只是偶爾在學術會議上碰個面，或是過年時寄個卡片，有時候我還是從別人那兒聽來她的消息。

漸漸的，我們互寄卡片的次數多了，會議的休息時間也是我們聊天的好機會，再加上研究範圍相關、同樣教國文，我們從生活到學術，都有許多經驗可以交換。又再過些時候，我才發現她這幾年勤於筆耕，已經累積不少佳作。我很驚喜的告訴她這點，她謙遜的笑笑，說她還趕不上我。後來，她還熱心的把我的散文推荐給出版社，我才因此出版第二本書。而不知何時，我們開始經常通電話，即使沒機會見面也可以互通訊息。這些看似平常的交友之道，我們竟然在高中畢業之後，甚至踏入社會多年之後，才一點一滴建立起來。

直到現在，我和小沈已經習慣「以文會友」，談談彼此最近的作品，評論一下某本暢銷書的優缺點。有時觸動往事，我才知道，小沈其實一直非常關心我，只是我渾然無知。我很珍惜這樣的緣分，並且發現比「失之交臂」、「擦肩而過」更有建設性的比喻——

這是一段友誼希望工程，我們必須更仔細認真，更持之以恆，建立我們友誼的殿堂。

——原載於二〇〇一年十月廿六日《國語日報》少年文藝版

舊雨・新知

我們都叫她「皮皮」，是個講話嗲嗲的漂亮女生，也很會寫極短篇小說……

「舊雨新知」是個成語，指老朋友和新客人。商店若是搬遷，最喜歡在門口貼個告示：「歡迎舊雨新知，繼續光臨惠顧」。

我的「舊雨新知」卻是新解：認識多年的朋友，原本不熟，後來因為某個機緣，忽然有了默契，有著「驀然回首，那人卻在燈火闌珊處」的驚喜。

譬如我的大學同學小謝，我們都叫她「皮皮」，是個講話嗲嗲的漂亮女生，也很會寫極短篇小說。但我對她的印象就僅止於此，大學四年，幾乎不曾深談。其實我們都喜歡創作、閱讀，在班上也算同一個圈子的「死黨」，但那似乎只屬於團體式的義氣，搆不上親密的友情。我對此一直很納悶，也許，友情也要靠緣份吧！

前一兩年，任職於出版社的她，找我討論一套叢書出版計畫。她希望結合文學和科學，讓兩邊的人互相交流。她的初步構想是，出版幾本詩詞與植物相襯的圖鑑。我十分贊同，而且深深期許她能夠長期經營，開創出版的新風格。

她果然開始進行，尋找合適的作者與編輯，終於在籌畫兩年後，推出潘富俊先生的《詩經植物圖鑑》，並邀我寫序，參加新書發表會。這本書上市後，銷售情形不錯，也上了好書排行榜。我為此興奮極了，因為我真的很欣賞她的創意與毅力，她出版了夢想中的書，也展現中文系出身的特色，她的老闆應該會另眼相看才是。

更重要的是，我們因此變得熟悉，經常交換心得和構想。她有她的出版經驗，我有我的學術理想，我們約定，要互相學習切磋，不斷推出有創意又有智慧的新型圖書。

我從與她的交談中，重新發現她的優點，以及出社會後的人生歷練。我想，她應該也有類似感覺吧。舊雨卻新知，我有重新「撿回」好朋友的快樂。

——原載於二〇〇一年十月九日《國語日報》少年文藝版

超物質的友誼

每次，總是那麼湊巧，有人送她點心，她吃不完，於是轉贈給我……

物理學家說世界是由物質組成的，哲學家和他辯論：物質只是基礎，人的心靈世界更偉大。

那麼，我和她的交情，到底是屬於物質的，還是心靈的層次？

如果，高貴的友誼重在情感的交流，心靈的默契，那麼我們可能比較接近吃喝玩樂那一型的。每次，總是那麼湊巧，有人送她點心，她吃不完，於是轉贈給我。尤其我有三個小孩，「巧克力小朋友最愛吃」、「肉鬆給小孩夾饅頭、配稀飯正好」諸如此類的開場白，使我「無言以對」，只好照單全收。

我唯一回報她的一次是，千禧年的晚上，邀請她和幾位朋友來家中聚餐。當然囉，她又攜帶了兩道菜，加上另兩位送的鵝肝醬、甜點，使我們的晚餐生色不少。聚餐結束後，那兩道菜沒有吃完，不是不好吃，而是剩下恰恰好足夠再吃一餐的量。這自然又是她的用心，讓我又省下做菜的時間。

差點兒忘了，我的咖哩飯、紅燒烤麩，還是跟她學的呢！

我真的糊塗了，我和她平常除了見面、通電話，偶爾還要寫寫感性的卡片短箋，怎麼，我竟然如此俗氣，只記得她送來的美食佳餚？她如果知道了，一定氣得搥我兩拳！喔，不，一定是，按照她的習慣，送來幾個蘋果和梨，氣嘟嘟地說：「拿去！姑娘我只吃水蜜桃，這些不希罕，送給你。」

我呢，一定也按照慣例，「勉為其難」的接受了。誰叫我們的友誼是建立在這些吃吃喝喝的物質關係上呢！

我不能再這麼想了，我這篇文章才起了個頭，剛才又接到她的電話，說等會兒經過我家，「昨晚多做了咖哩飯，順道給你送去。給小孩帶便當正好。」她怎麼知道我正在為明天的便當煩惱呢？

她的溫柔體貼，使我只好修改這篇文章的結尾——原來我們是「超物質」的友誼關係，在食物的香甜可口中，我領受了一份最真誠的心意。

——原載於二〇〇一年十一月十六日《國語日報》少年文藝版

兩條平線的交集

這點點滴滴的接觸，好像隨意捺下的小黑點，終於連成友誼的長線……

惠如又要出書了！這是她的第四本散文集，成果真是傲人。書名叫「最美的黃金距離」，多麼引人遐思，到底是什麼樣的距離才叫「最美」，而且是「黃金」的距離呢？我不禁想起我和她的「距離」。

惠如與我是高中同學，我們都是高個子，座位都在教室後排。我們也都參加學校的儀隊，每週練習兩次，還一同出隊表演。更巧的是，後來我們也都唸了中文系、研究所，她專攻戲曲，我研究俗文學，二者相去不遠。看起來我們應該是屬於交情已有二、三十年的老朋友。然而，仔細回頭一想，卻又不完全如此。

印象中，高中時代的惠如皮膚白白的，有一雙烏溜溜的大眼睛，講話輕聲細語，非常溫柔。更神奇的是，她的數學成績特佳，也會投稿給《北市青年》。或許因為她是數學高手，使我不知不覺對她「敬而遠之」，因為數學正是我的弱點啊！我一定下意識把惠如歸為「非我族類」。

所以高中三年下來，我對惠如始終維持君子之交的距離。

但是在我保存的相簿裡，卻有一些惠如、我以及另一位同學的合照。照片中的我們都穿著綠衣、白裙和白靴，肩扛著表演槍，很高興的在校園裡合影。一看日期，原來正是我們高三那年的校慶日，而那也是我們儀隊最後一次的表演，所以留下這麼多美麗的回憶。照片裡的我們，或三人或兩人合照，也有幾張獨照。有的是靜態的姿勢，有的是耍槍、拋槍的動態表演，攝影師技術高明，把我們的神韻都抓住了。

攝影師不是別人，就是惠如的父親。沈伯伯參加掌上明珠的校慶，連帶也就「愛屋及烏」，為女兒的好友拍下這麼精采的照片。

看著這些照片，我忽然眼眶一溼，原來我和惠如並不疏遠啊！記得當時拍照時好開心，除了校園，還跑到校外的小公園裡留影，而沈伯伯也很有耐心地陪著我們。

原來，我和惠如早就有交集了，只是我太粗心，一直以為我們是兩條平行線。而溫柔的惠如從來也不說什麼，直到各自上了大學，她仍是默默的邀請我去看她表演國劇、崑曲；她偶爾來台大，卻很少來找我。

然後，在二〇〇〇年，她又默默為我牽線，助我出版散文集《傳鐘下的歌唱》。而那一年，我懷了老三，身心壓力沉重，老想找人吐吐苦水，她和惠綿都成了我的最佳聽眾。接著，我準備升等教授，陷入論文苦戰，除了已升等為教授的惠綿，她家的電話也是一條隨時可以接上的熱線，任我傾訴，寬慰我心。

這點點滴滴的接觸，好像隨意捺下的小黑點，終於連成友誼的長線。直到這兩年來，我們一同在國語日報「愉快人間」寫專欄，從彼此的作品中，看到對方更細緻的一面，驚訝地發現：「啊，原來你……」我更確定，惠如和我不是兩條平行線，也不只是交會於一點，反而時常有交集，像交錯彎曲的連環圈圈，彼此珍惜，互相欣賞，友誼長存。

現在，惠如把她在「愉快人間」發表的稿子滙集起來出版，我真是為她高興，為她喝采。她的稿子刊登時，我每篇都拜讀過，文字流暢不用我多說，最重要的是她的作品往往有「即時行樂」的生活格調：一件身邊偶發的小事，她都能立即抓住其中的樂趣，好好的享受，又把這興味化為文字呈現給讀者。這不就是符合「散文」的「散」，寫出了閒散、愜意的生活小品！在瑣碎繁忙的現代生活中，惠如的作品展現了她獨特的生活品味，為我們打開了一扇賞心悅目的心靈之窗。

惠如多才多藝，除了散文寫作，也曾編修京劇劇本。說起戲劇，她更是個票友，唱的是老生。而從她的作品中，我才知道她會彈古典吉他，也很會煮咖啡。除了「盆栽殺手」的渾號（請參看書中的〈盆栽殺手〉），跟她相處，是很開心的，不必保持「距離」！

謹以此文，祝賀一本創意散文的誕生。

——二〇〇四年九月十日，艾莉颱風後的豪雨聲中

一串珍珠

旅程即將結束，臨別前夕，她回贈我一串珍珠項鍊……

我從來不相信萍水相逢的交情。也許，我不該說得這麼斬釘截鐵，說不定是因為我還沒碰上。

就像今夏在長江三峽的郵輪上，我不也有了一段奇遇？

因為聽說長江三峽即將封閉，我和三個朋友約好一同出遊。在維多利亞長江王子號的郵輪上，我們展開了五天的行程。在船上，我們被分配到十二號餐桌，只要是吃飯時間，我們都會和一對夫婦同桌，他們還帶著十二歲的兒子同行。那位先生看起來很粗獷豪邁，但看他照顧兒子的模樣，卻又是個細心體貼的新好男人。那位太太，身材高挑，神情有著知性的美。第一天三頓飯下來，我們已經交換了各種背景資訊。原來他們是七〇年代移民美國的台灣人，老家在屏東，現在定居在美國佛州。

就這樣，一路上，我們吃飯時聊著，在甲板上散步碰到面也聊著。郵輪上的時光很悠閒，船不小也不大，一天總會碰上好幾回。他們很懷念從前在台灣的歲月，我們年紀比他們小十來歲，但是談起少棒賽、布袋戲、打陀螺和金柑糖等古早的「代誌」，倒也和樂融融。

最美的是，我們在甲板上討論李白杜甫的詩，我也介紹一些現代詩人給他們了解。在午後的江上，詩詞、笑語都隨著輕風遠颺，間或掉落江面，也化作層層的水紋淡去。

後來，我贈送我的詩集給那位太太，她連夜翻閱，說她十分感動。然而旅程即將結束，臨別前夕，她回贈我一串珍珠項鍊。她謙稱那是買東西的贈品，但是價廉物美，情深意重。

「這可是我賣得最貴的一本詩集了！」我說。

在汽笛聲中，我們終於互道珍重再見。

用詩集交換的珍珠項鍊。

這不正是一場萍水相逢？
答案就在那串晶瑩的珍珠項鍊上。

——原載於二〇〇二年九月十三日《國語日報》少年文藝版

帶雨的玫瑰

燕依依不捨地離去了，留下那把帶雨的玫瑰……

是個下雨天，我剛到研究室門口，在走廊盡頭，依稀有個人影，胸前還抱著一大把東西。

「是洪老師嗎？請等我一下。」

人影快步向我走來，我這才看清楚是前幾年教過的學生燕。她的頭髮微溼，胸前還抱著一把玫瑰，數量極多，而且是用幾張舊報紙包裹，不像從花店買來的樣子。那朵朵嬌豔的花兒上都沾滿了水珠。我滿懷疑惑地看著燕。

燕說：「這是送給老師的。因為很久沒有來看老師了，很想念。」可是，這花？再說現在也不是教師節啊！「這些花是我家自己種的，我哥哥是花農，所以我跟他要了一把來送老師。我知道您會喜歡的。抱歉的是沒有漂亮的包裝，今天又下雨，看起來有點髒……」

我把燕請進研究室敘舊。燕是夜間部的學生，當年選修我的現代詩選課，我發掘她寫童詩的潛力，就鼓勵她多寫幾篇，向外投稿。燕上課十分認真，對於小組報告也很投入，學期末我們彙整全班作品，編了一本《詩想集》，燕在編印工作上出力甚多。

記得有次上課，燕缺席了，我心中頗納悶。直到第二堂過半，才看見她拎了一袋行李，匆忙入座。原來她到高雄參加大專杯籃球賽，球賽一結束，她就趕飛機回台北，直奔教室。她放棄了慶功宴，只因捨不得現代詩選課。她大可以請公假，但她說：「即使上個十分鐘也很過癮！」此言讓身為老師的我倍感窩心。

二十分鐘的閒談，勾起我們師生之間許多溫馨的回憶。我知道燕畢業後想走入兒童文學界，創作或研究都想嘗試。然而燕略帶羞澀地告訴我，因為諸多因素，她只能先找個工作糊口，距離心中的理想猶遠。她覺得愧對師長對她的關懷，這也是她漸漸疏於請安的原因。

我知道燕的一些阻礙，只能勉勵她先安頓現實再求理想。「無論如何，老師的門都會為你而開。」燕依依不捨地離去了，留下那把帶雨的玫瑰——我最愛的粉橘色，燕的體貼細膩、感恩心情，我了然於胸，只能為她深深祝福。

——原載於二〇〇三年一月廿一日《國語日報》少年文藝版

節日和假日的差別

記得幼年時，特別喜歡過新年，因為有「紅包」（壓歲錢）可拿，還可以放鞭炮、吃年糕……

節日和假日有什麼差別呢？有一次我拿這個問題考了學生。有個學生說：節日是有特殊意義的，像過年、端午、中秋等一些民俗節日；假日就是一般的星期六、星期天，或是你自己請的休假。節日裡放假，是要我們去體會它的意義，遵從一些習俗；平常的放假或休假，就可以隨自己的安排，睡大覺、出國旅遊都行。

說得好極了！

記得幼年時，特別喜歡過新年，因為有「紅包」（壓歲錢）可拿，還可以放鞭炮、吃年糕；到了端午節，吃粽子、戴香包、看龍舟賽；月餅，是中秋節的寵兒，只有柚子可與之匹敵。還有元宵節提燈籠，清明節掃墓踏青……一年三百六十五天裡，幾乎每隔一兩個月就有或大或小的節日可過。而節日前夕，心情總是那麼的歡欣雀躍，充滿了期待——對節日的特定美食、娛樂、儀式，以及那百聽不厭的傳說故事！

曾幾何時，每到了新年假期，電視新聞裡總播放著中正國際機場人潮洶湧的畫面？偶有連續假期，身旁的人總是說著要到哪裡哪裡去泡溫泉渡假？對忙碌的現代人而言，所有的假期都等於「吃喝玩樂」，還美其名為「充電」。

但試想，如果這變成假期的常態，那麼我們的新年、端午、中秋等節日的回憶，不就充斥著水上摩托車、香蕉船、浮潛、ＢＢＱ、古堡、峽谷、賭城、櫻花道等異國風情的調調？更糟的還可能是商業、俚俗的氣息。

時代進步了，我們也許不必再自己做年糕、包粽子，但是吃塊年糕、嚐口粽子，貼副春聯、聽個白蛇傳故事——最主要的是，全家人圍在一起過年過節，祭拜祖先，看看親戚，說說笑笑，不是挺好的嗎？我相信只有多多見面聚談，家人才容易彼此溝通，水乳交融，而傳統的價值觀與情感也可由此薪火相傳。

熱鬧繽紛的節日活動，蘊藏的是民族文化的脈絡。下次，別急著出國渡假，和孩子一起猜猜燈謎，如何？

——原載於二〇〇六年一月廿七日《國語日報》少年文藝版

希望遇見田螺先生

那些圍著俏麗花色的圍裙、臉上洋溢甜美笑容的女子，簡直是現代的「田螺姑娘」呀……

有個民間故事這樣說：晉朝人謝端，自幼孤貧，但品行端正，勤勉認真。有一天，他撿到一個很大的田螺，覺得很新奇，就把它帶回去，貯存在甕中。從此，每當謝端外出下田工作時，都有人幫他把家中瑣事料理好。幾天下來，謝端一直以為是鄰人幫忙，於是前往道謝。沒想到鄰人卻取笑他暗中娶妻，又怕他人知曉。謝端決定探查真相。一天，他一早就假裝外出，中途溜回來查看。這才發現有個姑娘從甕中冒出來，幫他做好洗衣、打掃、燒飯的事。原來這是個潛居在螺殼裡的仙女，因為謝端為人恭謹，天帝就派她下凡來相助。但天機已洩，仙女必須離去，臨去時她告訴謝端，十年內他將會變得富有，並且得以娶妻。果然幾年後，謝端做了個小官，也娶了妻子。

這是出自《搜神後記》的〈白水素女〉故事，後來流傳於民間，內容大同小異，有的結局會改成仙女留下來嫁給謝端。這類故事通常被稱為「田螺女」、「田螺姑娘」。

在民間故事中，這類善有善報的故事很多。我好奇的是，為什麼是一個仙女下凡來幫謝端洗衣、打掃、煮飯，而不是其他事情呢？或者換成一個孤苦的女孩遇見「田螺先生」？記得有個外國朋友乍聽這個故事時，他說：「哇，好棒啊！竟然有人自動幫你做housekeeping，你們中國的男人真幸福啊！」

的確很幸福。如果每天回到家，已經有人幫你把家裡弄得窗明几淨，萬物各得其所——最重要的是，還有熱騰騰、香噴噴的晚餐等著你，這是多麼美好的世界啊。甜蜜的家，書本、媒體裡不都是這樣描述的嗎？那麼誰是那個「田螺姑娘」呢？大部份是這家中的女主人吧。儘管雙薪時代已來臨，但我們仍常常看到一些廣告裡，都是美麗、賢慧、年輕的妻子，在家中燒好一桌美食，等待丈夫和孩子回來晚餐。那些圍著俏麗花色的圍裙、臉上洋溢甜美笑容的女子，簡直是現代的「田螺姑娘」呀！

「田螺姑娘」故事十足反映了單身漢的願望，而且把女性定位為洗衣燒飯的「賢內助」；整個社會的觀念也強化這種性別分工的固定印象，所以即使仙女下凡，她也要操持家務，為故事中的主角打理庶務。而自古至今，這個潛意識似乎也不曾改變多少。有個職業婦女問她的兒子將來要不要結婚，小六的兒子說：「要啊！這樣才有人煮飯給我吃。」

你看看，連小男生都希望遇見「田螺姑娘」呢。

但是，有沒有可能遇見「田螺先生」呢？在現代工商社會裡，雙薪家庭的結構下，我們的「新好男人」可否在洗碗、切水果之外，再多做一點點？譬如有個男士曾說：「拖地這種『粗重』的工作，應該是我們男人的事。」各位男士，「粗重」的家事可真不少呢，請務必試試你的身手，共同分擔「一家小事」。

最後，我想告訴未婚的小姐們：希望遇見Mr. Right，不如遇見「田螺先生」！

——二〇〇五年二月廿日

把天衣還給我

也許在日後柴米油鹽的生活中，她時時刻刻都在暗想那件魔法天衣……

大家可能都很熟悉牛郎織女的故事，但這個故事的流傳版本其實蠻多的。譬如故事的開頭，六朝志怪寫的是天帝派織女下凡來幫助孝子董永，後來的民間故事則說是織女私自下凡，愛上了牛郎；也有的故事說織女和其他仙女到天河邊洗澡，牛郎偷了她的天衣，所以織女只好留下來嫁給他。

讓我們仔細想想後面這類故事吧！這類故事的結局也常常是，後來織女發現了她的天衣，立刻就披上飛走了。這是個很普遍的故事類型，許多民間故事都有這種鳥類化身為女子，她的羽毛衣被人間男子偷去，所以只好嫁給他。但等到她找到自己的羽毛衣，她便毫不遲疑地飛去。《玄中記》便收錄有〈姑獲鳥〉的故事。

我的孩子小時候聽了「偷取天衣」情節後問我：「牛郎怎麼可以偷人家的東西呢？」

一個大朋友則開玩笑說：「哇，這麼好的事情？偷藏人家的衣服，還可以娶到仙女太太？」

說的也是。以今人的眼光來看牛郎織女等民間故事，的確漏洞很多。但素樸的民間故事也許就隱藏了許多集體潛意識，有待我們挖掘。為什麼故事中的男子都必須偷偷藏起仙女的衣服呢？顯然失去了天衣、羽毛衣，仙女就失去了法力，無法振翅高飛，當然逃不過男子的追求（或者是勒索？）。耐人尋味的是，失去法力的仙女，她雖然不得不留下來結婚、生子，但一旦她找到昔日遺失的天衣，她也就毫不猶豫地飛天離去。〈姑獲鳥〉故事中的仙女，甚至還把她的三個女兒也接走了。

這樣的故事結構，實在有太多聯想的空間了。單身女郎擁有許多的自由和快樂，她必然是被偷走了某一種「天衣」，所以只好走向結婚禮堂。也許在日後柴米油鹽的生活中，她時時刻刻都在暗想那件魔法天衣。散文家張曉風曾寫過這樣的題材，但她筆下的仙女，因為眷愛兩個孩子，所以自己把天衣藏起來，不忍心飛走。但是，現實生活中，也有結了婚的仙女，幾番忍讓，終於還是找回那件天衣，穿上它，飛回她原來所屬的地方——不管她有沒有小孩。

這些自婚姻國度飛走的仙女，有些女性是因為不能兼顧工作與家庭，有些是感覺自我受到束縛，有些也許是渴望重獲單身時的自由……婚姻的故事千百種，誰又能為別人的故事下定論呢？就連外籍新娘，她應該也有某一種「天衣」被藏起來，一旦她尋獲了，或是乾脆放棄了，她也可能一走了之。

而那些沒有飛走的仙女們，她們是不是都和散文家所說的一樣，因為對子女的愛，對家的護持之心，所以才把天衣鎖在箱底，偶爾在心中感喟？

大多數的女人被婚姻的鎖鍊牢牢繫住，是因為心中有愛。所以，不要再偷取織女的天衣，給她一點自由和自我的空間，她才會快樂，在俗世的婚姻生活中。

——二〇〇五年二月十八日作

卷四　馬芬和貝果

認識貝果先生，還是很值得的。至少，我不必一直麻煩馬芬小姐。有時候開會晚了，錯過晚餐時間，我就繞個路，找到學生餐廳，有請貝果先生出場，再外帶一杯咖啡，他就願意陪我一個晚上了。

馬芬和貝果

壓根兒也沒想到，我將和他們相識，而且如影隨形的相處在一起……

二〇〇四年十月，為了參加波士頓西蒙斯學院舉辦的國際詩歌會議，我第一次踏上美國的土地，除了主辦人阿發教授，我也認識了馬芬小姐和貝果先生。

這一對璧人似的馬芬小姐和貝果先生，雖然我曾經聽過他們的大名，但壓根兒也沒想到，在這十多天的旅程中，我將和他們相識，而且如影隨形的相處在一起。

我是在超級市場遇見馬芬的。剛到旅館，我發現連飲用水都得自己買，於是我發揮家庭主婦的本能，在離旅館不遠的街口找到了一家超市。我在貨架間穿梭，興致淋漓的看著每個東西的標價。真的很貴！我一再盤算未來幾天的花費，決定能省則省。但怎樣才能花得經濟又實惠呢？

就在猶豫不決時，我看見玻璃櫃後面彷彿有人在跟我招手微笑。走近一看，原來就是鼎鼎大名的馬芬小姐！渾圓的體形，漾著溫柔的笑意，我決定向她請教省錢的秘方。

感謝馬芬小姐的友善建議，我因此找到花費少於一美元的早餐。為了感激她，我經常邀請她一早就到我的旅館房間作客，陪我一邊看著波士頓日報，一邊享用帶著肉桂味兒的美式早餐。

至於貝果先生呢，我是在某大學的學生餐廳認識他的。當大家排隊買午餐時，我不經意走到角落，看見貝果先生在櫃臺裡面發呆。原先我不知道他是誰，聽到有人叫了聲「貝果」，才確定是他。

於是我也壯起膽子，請貝果出來一下，我想認識認識他。貝果有著胖圓的身材，但我無意間碰觸他的臂膀，才知道他肌肉極富彈性，屬體格壯碩的彪形大漢。「美國東西好貴！」他極有耐心的聽我「碎碎念」，還建議我買杯熱咖啡。到美國怎可不喝咖啡？於是，我只好掏出咖啡的錢了。這一餐花去我三美元。

不過認識貝果先生，還是很值得的。至少，我不必一直麻煩馬芬小姐。有時候開會晚了，錯過晚餐時間，我就繞個路，找到學生餐廳，有請貝果先生出場，再外帶一杯咖啡，他就願意陪我一個晚上了。

喔，請別誤會。我這個中年女子沒什麼不良企圖。我只是想省點錢，給孩子多買一盒巧克力，所以不想上餐廳點菜，隨便買個馬芬——她是個蛋糕，或貝果——他是個中間有圈圈的硬麵包，填填肚子罷了。不過，據說這可是正宗的美式餐點呢！

——原載於二〇〇四年十二月廿八日《國語日報》少年文藝版

兩片楓葉

他開始形容楓葉的變化，還誇張的用手比畫，顯示隨著緯度由北而南，楓葉就這樣一路傳遞火紅的顏色……

去年秋天，我收到了兩片很特別的楓葉。是個叫彼得的男子親手送給我的，在波士頓的旅程中。

起先，在一輛很特別的車子上，只有我和他兩人。我對這位「美國男人」懷著畏懼之心，有些忐忑不安。

終於他打破了沉默，連珠炮似的問我：一個人嗎？打哪兒來？第一次到波士頓嗎？觀光嗎？看過哪些風景呢？準備待幾天？

波士頓的楓葉。

我用有限的英文回答他：我是第一次到波士頓，也是第一次到美國。我剛開完會，趁機四處走走。

他聽懂了，就用非常親切的口吻跟我說，歡迎來到波士頓，尤其是在十月份的時候，整個新英格蘭地區的楓葉會慢慢變紅，美極了！他開始形容楓葉的變化，還誇張的用手比畫，顯示隨著緯度由北而南，楓葉就這樣一路傳遞火紅的顏色。他是土生土長的波士頓居民，每年到了九月，他就盼望著楓葉轉紅。

「我為楓葉感到光榮。我很高興你是這個時候來到美國，而且是來到波士頓！」

他剛說完這些，車子卻突然停了下來。只見他急忙跳下車去。我們的交談似乎是結束了，我心裡還真有點兒惆悵。

沒想到，三分鐘後，他又回到車上了，面帶微笑，雙手捧著什麼似的，小心翼翼送到我面前。

「你看，這就是我剛才說的楓葉。剛開始這樣的，」他拿起上面的那一片，是綠中帶著黃，摻點橘紅的顏色，「然後，它會變成這樣，」他再拿起另一片，這片就全然紅透了，「然後呢，兩週後它們就全掉光了！」

「兩週？」我驚訝的問他。

「是的，兩週。」他平靜的回答，並且垂下眼皮。我發現他有著濃密的睫毛，長得蠻帥的。「嗯，這個是要送給你的。歡迎來到波士頓。」他的音調提高了許多，又把手上的兩片楓葉，遞到我手上，還伴隨一個燦爛的笑容。

我訝異得幾乎說不出話來，真是個可愛的男士！接著，他又開始熱心的為我解說波城風光。

車子裡一直只有我們兩人，他忙著為我導覽，似乎也不覺得厭倦。我真不知怎樣說出我的感動呢。

下車時，我試著把我寫過的一首〈秋的詠嘆〉詩，翻譯前三句抄給他，就寫在一張便條紙上。沒想到他欣然接受，並且熱切的要我簽名。我簽了中英文兩式，又告訴他，這也是我第一次用英語和一個美國人說這麼多的話。

更重要的是，他讓我感覺備受禮遇，像個桂冠詩人獲得波士頓旅遊局的熱情招待——而他，英俊瀟灑、友善熱情的彼得先生，正是觀光巴士的司機兼導遊；在我眼中，他彷彿是天使的化身。

——原載於二〇〇五年二月一日《國語日報》少年文藝版

東方式的心靈

現代人的心靈太空虛，只有東方式的思維與體驗，才能啟發心靈深處的潛能……

參加二〇〇四年十月的波士頓「西蒙斯國際華文詩歌研討會」，確實讓我這個井底之蛙大開眼界。

感謝文學院彭鏡禧院長的推荐，我才能從台灣走向世界，發現我的學術新大陸。這次會議是由熱愛中文的尉雅風教授（Afaa Weaver）主辦。他是波士頓西蒙斯學院的教授，專攻現代戲劇，本身也是詩人。

我和尉教授先用電郵聯繫，不管是大事或小事，他總是很快回覆我。我不能想像，我的「菜英文」給他添了多少麻煩。抵達波士頓時，尉教授還和助理吳小姐親自來接機。尉教授長得十分高大，怕有一百九十幾公分吧！言行談吐卻是溫和有禮，令人感到親切誠懇，所以我也跟著大家叫他「阿發」。

在會議期間，只看到阿發教授忙進忙出，只有在晚間的詩歌朗誦，他才得空坐下來，專心的聆聽詩人朗誦，可見他真是個愛詩的人。記得他在開幕致辭說，他曾經到我們台大訪問研究，聽著校園某處松濤聲，他的心靈也受到莫大的啟示。

後來，有人告訴我，阿發的太極拳打得很好，已經是「武林高手」了，他還學中文、修禪——他是個擁有東方心靈的西方人。

這些描述，我一時還不能完全印證。但阿發教授的親切笑容留給我深刻的印象。會議結束，阿發教授又親自送我轉往哈佛大學。在約莫半小時的車程中，我們閒話家常，我更了解他喜歡詩歌、崇拜東方文化的原因。原來，他覺得現代人的心靈太空虛，只有東方式的思維與體驗，才能啟發心靈深處的潛能。

會議後，阿發教授不久也到台灣來了，他利用休假時間來學中文。他傳給大家一首新作品，是他到花蓮旅遊時寫的，中英文並列，以雨點和大海為喻，大意是說：雨點是語言，大海是思想，不管那一種語言，終將落入思想的大海。這「世界大同」的思想，不也是很東方嗎？

阿發教授的祖先來自非洲，黑膚捲髮的他找到詩的心靈住所；而後他又有跨文化的追尋，想要探索東方的心靈世界。這深厚的人文氣息，真是令人讚賞。

——原載於二〇〇五年四月廿九日《國語日報》少年文藝版

波士頓夜未眠

他們的表情誇張而生動，或甩動著長髮，或緊皺著眉頭……

這次到波士頓，主要是為了參加西蒙斯學院舉辦的「國際華文詩歌研討會」。這個會議廣邀世界各地的詩人、學者與聽眾，大家以詩會友，從白天的學術論文到晚上的詩歌朗誦，奇文共欣賞，不亦樂乎！

令人印象最深刻的，莫過於大詩人余光中先生的朗誦。余先生不但朗誦他的名作〈聽聽雨聲怎麼說〉，還以古調吟唱了蘇東坡的〈念奴嬌——大江東去〉。在余先生略帶南方口音的腔調下，現代詩的流暢輕快，宋詞的風雅灑脫，都貫注到聽眾的五臟六腑之中。我望著余先生的一頭銀髮，看著他專注而怡然的神情，再環顧聽眾陶醉的樣子，心中的感動真是難以描繪。

另一位著名詩人鄭愁予先生，當然也出席了這場盛會。他朗誦了一首新作，內容與「六四天安門事件」有關。從他幾乎哽咽的聲調中，我聽到了詩人內在最深沉的悲憫。

鄭先生名聞海內外，在場的詩人除了余光中，他也是個受歡迎的偶像詩人，不斷有人找他拍照、簽名。

說來這也是個特殊的經驗。我參加過不少學術會議，卻從未在白天「硬梆梆」的學術會議之後，來個詩歌朗誦發表會。尤其難得的是，只要你願意上台朗誦，大會都會為你安排時間。同是來自台灣的綠蒂、簡政珍和我都上台朗誦自己的作品，我們都是斯文派，以聲調、節奏的變化自然呈現作品的情感。

有的詩人就不是如此了，他們真的是在「表演」，例如幾位華裔的詩人，他們雖不能以中文寫作，但他們藉由英文詩，表露身為ＡＢＣ（在

詩人們，不要把貓吵醒。

美國出生的華人）的痛苦與矛盾；他們的表情誇張而生動，或甩動著長髮，或緊縐著眉頭，有時聳動肩膀，有時全身縮成一團，甚至跺腳、嘶喊、啜泣……我雖然不能完全聽懂英文，但透過他們豐富的肢體語言，也不禁為之熱淚盈眶。

連續兩夜，為了聆聽詩人的聲音，會議總是進行到將近午夜十二點。搭專車回旅館，才發現整個市區已安然入睡。而我，雖躺在舒適的彈簧床上，卻還沉浸在方才的熱烈氣氛當中——啊，難道是波士頓的秋夜，更深露重，令人輾轉難眠……。

——原載於二〇〇五年五月十三日《國語日報》少年文藝版

波士頓的松鼠

我不禁懷疑，美國星條旗上，畫的不是星星，而是松鼠⋯⋯

波士頓的松鼠像貓一樣大！

紫灰的，淡褐的，在寬闊的草地上快速跑跳，好像從來也沒被人趕過。甚至停在你的腳尖，嗅一嗅，再抬頭看看你，噘著嘴兒問你：「有沒有東西給我吃？」

我的波士頓之旅，照片裡除了一兩張人頭照之外，其餘都是風景，而風景照裡的主角不是松鼠先生，就是松鼠小姐——雖然我分不出來牠們的公母。無他，只因為這兒的松鼠太可愛了，而且到處都有，只要有樹有草地，就可以看到松鼠家族。無論是西蒙斯學院、波士頓美術館、波士頓市立公園或哈佛校園，或者旅館附近的小路，隨處都會竄出三五隻松鼠來跟你打照面。我不禁懷疑，美國星條旗上，畫的不是星星，而是松鼠！

可惜我是個不吃零食的人，不能掏出花生米、洋芋片來餵松鼠。隻身旅行的我，行囊裡裝的是護照、機票、筆記本、行動電話；這些都不能吃。也有可以吃的：蘋果、馬芬、貝果，但很抱歉，這是我從B&B早餐檯上省下來的點心，是我這一天的糧食，不能施捨。礦泉水？松鼠應該不需要吧。

所以我只能幫松鼠拍照了！看周遭的人視若無睹地走過去，只有我這個觀光客充滿好奇和童心，一下子「噓！噓」逗著松鼠，一下子「喀嚓！喀嚓」幫松鼠照相。如果也有人幫我拍個照，我一定像個「無事忙」的小丑，躡手躡腳，擠眉弄眼的，隨松鼠起舞呢！

回到家來整理照片，女兒問我：「怎麼照了一大堆松鼠？」我一張張告訴她：這是波士頓市立公園裡的松鼠，這是哈佛大教堂前的松鼠，這是早上拍的，我剛出門就遇上；這是傍晚拍的，我回旅館的路上拍的……沒想到，十一天的旅行裡，松鼠與我如影隨形，別人用網路寫日記，我是用松鼠寫日記。

松鼠和旅人，真是絕妙的旅行搭檔啊。

——但不知松鼠眼中的我，是什麼模樣呢？

——原載於二〇〇五年三月十八日《國語日報》少年文藝版

UCSB，天氣晴

——二〇〇九年的春天，我得到國科會的經費補助，到美國聖塔芭芭拉加州大學訪問半年。在教書與研究之餘，我寫了幾篇札記。

二〇〇九年三月十二日，UCSB，星期四，天氣：晴

離開台北那天是三月七日，我搭中午一時零五分的國泰班機，經香港、洛杉磯，然後轉美國航空公司的班機飛到聖塔芭芭拉。這是個濱海的小城，四季如春，是加州人的度假勝地。但我不是為度假而來，我是應聖塔芭芭拉加州大學（UCSB）東亞系及台灣研究中心的邀請，即將在這裡度過半年的訪問時光。

剛到的幾天，一些生活瑣事都依靠杜國清教授和師母協助，學生KP也幫了很多忙，總算安定下來，住在一個單人套房式的公寓（Studio Plaza Apartments）。

離家的心情很複雜，捨不得家人，對於新生活也有著興奮和嚮往。畢竟，這是我第一次單飛，即將離家半年，暫時拋卻惱人的行政工作（台大藝文中心主任之職），回復讀

適合沉思的UCSB校園潟湖。

書和教書的單純日子。

今天，三月十二日，總算開始了一點點讀書的生活。上網去回信，給指導學生修改論文，然後是處理一下其他的問題。

中午我就帶著我的麵包和水，在學校的活動中心（university-center）附近享用我的午餐。在戶外，雖然陽光普照，但其實還是冷的。我看了周圍的人，有人穿著厚外套，也有人是短袖短褲，尤其女孩子們，低胸熱褲者大有人在。有人告訴我，這裡的天氣恆常在二十度C左右，永遠是晴空萬里，悠閒的氣息。那麼，有關服裝，大概也是你愛怎麼穿就怎麼穿吧。

在圖書館前張望了一會兒，心想明天再來吧，今天先利用一下研究室的電腦網路。不過下午四點我還是出去走了一下，看看校園，照個相，我還走到湖邊，有鵜鶘、鴨子和天鵝；因為這是個海水淤塞而形成的潟湖，可以通外海，所以海就在不遠處，而天空裡盤旋的自然

湖邊休憩的鵜鶘。

就是海鷗之類的，個個肥碩，很健美。

在校園裡的人行道上，常設有海報筒、海報架，張貼各種藝文訊息。雖然上面滿是釘書針的痕跡，但那就是它的歷史啊。也有每日新聞，一份份校園的報紙任人取閱。雖是網路時代，但也還是有這傳統的紙媒，五彩繽紛的，這樣才熱鬧啊！

我在圖書館前的廣場買了馬芬蛋糕和一杯卡布其諾，先用相機照了相，記錄來這裡的第一次戶外喝咖啡。

晚上東亞系的Y老師帶我去學校的藝術大樓看電影，回家的路上，看見滿滿的一個大圓月，美國月亮的確比較圓！

在美國加州的新生活已經展開了，我不禁在札記本上寫下：

UCSB，天氣晴！

——二〇〇九年三月十二日

T教授研究室的燈光

T教授除了學者的身分，也是個浪漫唯美的詩人，他的現代詩有李賀和李商隱的味道……

我來到聖塔芭芭拉已十天，只要是到學校的研究室，就會看到T教授研究室的燈亮著。

我出去午餐，T教授還在裡面用功；我出去散步喝杯咖啡，偶爾聽到T教授研究室裡傳來講話的聲音；我六點離開，T教授研究室的燈還是亮著。

只有一兩次，我走去辦公室找助教辦事，T教授正好路過，也進來打招呼，問我這兩天有沒有什麼問題。

T教授到底什麼時候來，什麼時候走，沒有人確知。好像他一整天都在那裡，不管有課沒課；大概只有他出國了，研究室的燈才會暫時熄滅幾天。

「我覺得學校應該頒給他一個全勤獎，從我認識他，他就是這樣，數十年如一日，早到晚走，他都是這麼用功。」一個資深老師半開玩笑說。「對呀，也應該頒給他太太一個特別獎！」另一個較年輕的老師也打趣地說。

這個獎我也贊同。因為從我認識T教授以來，有事打國際電話聯絡，我算好兩地時差，不管是這邊的早晨八點還是晚上八點，他都在研究室。有一次我比較晚打，是晚上將近十點，我想他應該在家吧，沒想到打去家裡，是師母接的，她說T教授還在學校。

本來這在台灣的大學裡也是常見的現象，為了利用研究室的設備或是圖書，很多大學老師會留在學校用功到很晚。但是這個位於海濱的大學，風景優美，氣氛悠閒，聽說大家都很注重生活品質，沒有人願意「過勞死」。我來的這個週六和週日兩天，校園十分安靜；加上三月下旬正好是一個學季（quarter）結束，這兩週來學校可說人煙稀少，人人都去度春假了，只有T教授還待在研究室。

T教授曾請我到他研究室坐坐。他克謙地說，書很多，很亂，多多包涵。我說，沒關係，大家的研究室都是這樣的，只是你歷史比較悠久，書比較多。他笑了，對我這後生晚輩的直言，一點也不以為忤。

T教授對我述說他從台大外文系畢業後，先到日本留學，再到美國史丹佛大學攻取博士學位，然後到此地任教，並且創立東亞學系的往事。最主要的，是他這一二十年來，努力推動台灣文學研究的宏願和心情。他覺得這是他的志趣，也是他的責任，所以他持續編譯、出版台灣文學英譯叢刊，向學校爭取成立台灣研究中心，舉辦講座和國際研討會，如今已有相當的規模。

T教授除了學者的身分，也是個浪漫唯美的詩人，他的現代詩有李賀和李商隱的味道，但又具有自創的現代風格。他是個詩人，用詩人的純真熱情來推動他的理想。

T教授的身形削瘦，但步履健朗，精神奕奕；那略顯黝黑的臉龐，時常泛著微笑，但眼神卻是堅定的。我聽他說話的時候，總是只有點頭的份兒，因為他的見識和抱負，都是我望塵莫及的。

有一天我待到七點才離開研究室，經過T教授的門口，聽到裡面傳來喀哩喀哩的打字聲，燈當然是亮著的。

我搭電梯下樓，走出戶外，回望那樓上唯一的燈光，我不禁在心裡說：明天見，T教授，您真是這座學術花園的守護神。

——二〇〇九年三月十七日

有霧的校園

只有湖不肯讓步，湖面吹起了風，和霧周旋著。想把霧趕走，卻又把另一群給召喚來……

前兩天，一向碧空如洗的UCSB，天氣突然陰暗了。這一天，我晚晚才出了門，早上九點鐘半，天是陰的，而空氣竟是帶點霧氣，灰灰的，含一點水分，和平日的乾爽不太一樣。我用力吸了一口氣，是霧的味道，皮膚已經有點兒乾癢的我，剎時間好像一張牛皮（我屬牛）浸了水，開始軟化了起來。真是太舒服了，有水分的空氣，潤鼻，潤肺，也滋潤了一顆來自潮溼氣候的台灣心。

繼續向學校的方向走，仍然是帶點霧的感覺；尤其透過稀薄的天光，斜斜的一個平面看得更清楚，水分子在那裡輕紗漫舞，好看極了。

不知道有沒有人和我一樣發現這一方新天地呢？對當地的人來說，偶然的一兩個陰天，不曉得會不會讓他們很sad呢？因為他們是那麼喜愛陽光，這裡沒有人打傘，連戴帽子的人都很少；大家都愛曬太陽，草地上隨時都有人在假寐、日光浴。

不管怎麼說，今天一直是陰暗的。中午我走到U-CENT那裡吃飯，往窗外一瞧，不得了，霧是一大把一大把的撒下來，又好像有人拉著另一頭，把它張開形成一張張網，逐漸把窗外的景色都籠罩起來了。我本來帶著相機要來拍活動中心裡的老照片，這下子趕快拿出來拍下霧景。

我走到二樓的觀景台，看見不遠處的湖，湖面上更是水氣瀰漫。那座水中的沙洲，已然是「山在虛無縹緲間了」。走下樓去到另一個平台，換個角度看，在兩旁小丘的松枝掩映下，霧中之湖，湖上之霧，益顯得嫵媚動人。

這個湖在校園一角，湖水可以直通海岸；以「二水中分白鷺洲」的形式，分兩股出海。沙洲上和堤岸上經常棲息著鵜鶘、水鴨和白鵝。晴天的時候，「鳥口」不少，現在大多躲了起來，只有幾隻鴨子在游水。

而觀賞的人呢？此刻，除了我以外，別無他人。也許是因為已近一個quarter的尾聲，學生大部份都已考完試、交了報告，回家去了，不然就去外地旅行了，反正校園裡非常安靜。

安靜。安靜。

靜得像這霧的腳步一樣，悄悄的探查這校園，然後一個角落一個角落地攻佔。

只有湖不肯讓步，湖面吹起了風，和霧周旋著。想把霧趕走，卻又把另一群給召喚來，再繼續周旋下去——和霧共舞，為她演奏樂章，誰叫她這麼迷人呢？

待了半晌，為了避免也被霧給迷住，我轉回研究室，繼續用功。

到了晚上六點，我的下課時間，我收拾好電腦和書本走出了研究大樓。天色當然比平常暗了許多，因為有霧的關係。但沒想到暗得這麼快，好像十幾分鐘之內，天就全黑了。還好我搶到了幾張霧中的校景，特別是每日進出必經的表演藝術學院大道，那上面的彩色旗幟彷彿也逐漸溶入霧色、夜色之中了。

回到租屋的公寓，我在屋子裡煮著晚餐，客廳茶几上亮著檯燈。

那一朵暈黃，為我阻擋了霧色，與乎過早降臨的夜色。

——二○○九年三月十九日

i want a truce

只能說，這個老闆給人很「陽光」，很「西部」的感覺，他讓人相信他是個農夫……

農夫市集

住處不遠，有個Camino Real Marketplace的地方，聚集了幾家商店和賣場。到了週日，則有露天擺攤的Farmers Market，是Goleta City有名的農夫市集，賣些有機的蔬菜水果。

上週日我本來要到那裡，結果坐了反方向的公車，先到城裡玩了一趟。這個週日，我可準備好了大型的購物袋，跳上24×公車，正確到達目的地。

這是個開放式的廣場，我從一個缺口進入，那裡有個小花園和噴水池。看來這是個購物兼休閒的地方。走了幾步，果然看到街道兩旁搭起了帳棚，一個攤位連著一個攤位，青菜、水果、鮮花等，隊伍不長，五分鐘就走到底了；人潮普通，只能說是三三兩兩。這在我們台灣人眼中很不習慣呢，想想我們的花市、夜市、傳統市場和各種節慶時的民俗街、民俗廣場，哪一處不是人擠人，小販吆喝著，主辦單位的擴音器還不斷大聲放送音樂（莫名其妙的音樂）！

不過這真的是很舒服的購物環境，清潔、安靜、有秩序。有些水果攤還可以試吃，比如草莓，我就連吃了幾家（看別人試吃，才跟著問：may I try one），最後決定買果肉豐厚、甜度適中的那一家，

豐盛的蔬果是旅人最佳的慰藉。

一小籃三元，二籃五元，三籃七元；我花了七元，掏錢的時候還是有點心疼，將近臺幣二百五十元，在台灣我可很少買這又嬌又貴的草莓哩！不過，就當成這個星期的水果，而且它真的很大顆，超大的紅寶石，很誘人呢。

再走近一家賣青菜的。菜色不少，青江菜、菠菜、A菜、油菜、綠花椰菜、白蘿蔔（長條形的）、大頭菜、紅蕃茄、茄子、馬鈴薯、蔥、薑、蒜等，一應俱全，是個華人的攤位，聽口音應該是大陸人。但有個客人邊挑選邊打電話，用台語說：「我看賣ㄟ啊，有菠稜仔菜嘸？」，害我差點跟著用台語問：「頭家，這菜頭一條哇最錢？」來買菜的人，倒不限於華人，也有白人。

我買了青江菜、油菜、紅蕃茄和白蘿蔔，我正想做一鍋紅燒牛肉，紅蕃茄和白蘿蔔正合我意，而那兩把青菜是多買的，因為我已經開始想念炒青菜的滋味，而且是這種葉菜類的，炒起來才「青」、脆，才好吃。

然後我又被一家乳酪（cheese）攤吸引。老闆是個中、老年（我實在看不出他的年齡）白人男性，穿著格子襯衫搭牛仔褲，笑容滿面的問每一個靠過來的客人：please try my home-made cheese，隨即遞給你一小團麵包加cheese，你若指著別的樣品，他也會再切一塊給你嘗嘗。親切、有禮貌，而且——試吃不用錢！但是每一個試吃的人幾乎都買了，包括我這個東方客，竟也買了兩盒，花了十二元。只能說，這個老闆給人很「陽光」，很「西部」的感覺，他讓人相信他是個農夫，有個農場，養一群牛，每天擠牛奶，然後自己和家人努力做出home-made cheese，用他的微笑當招牌，吸引每一個客人。

我把這些果菜和cheese都裝入購物袋，還蠻重的。這下子別想再逛了，除了重量，也不方便背著這一袋農產品去其他賣場或是服裝店鞋店。但我還是進去一家禮品店，選一張生日卡，準備寄給台灣的曾老師，他老人家的生日剛好是四月四日兒童節，現在寄航空信時間還來得及。

我沒注意公車時刻表，回程時等了半小時。實際上車程只花了五分鐘。就這樣前後兩個小時，我來往了農夫市集，帶回了滿滿的果菜。

我沒有買花，捨不得呢，小小的一束也要五元以上。不過，下次我一定找個理由送給自己一束美美的花。

——二〇〇九年三月廿二日

在丹麥城遇見安徒生

他寫的美麗的童話撫慰人心，但是否也安慰了他自己苦悶的心靈……

丹麥城在加州Santa Ynez河畔，離聖塔芭芭拉不遠，是丹麥人移民加州的城鎮，如今也已成為觀光勝地，是個可以偷閒半日遊的地方。

先前我們已參觀過丹麥城的教堂，接著便去尋找「安徒生紀念館」。安徒生紀念館在一家書局的二樓，窄窄的樓梯上去，就看到一幅安徒生的畫像，削瘦的臉頰，戴著黑色禮帽，很紳士的樣子。畫像下是一張小桌，上面放了好幾疊書和一個美術作品。

仔細一看，都是「豌豆公主」的書，有各國語文的版本，而那個美術作品就是個立體的模型，把豌豆公主睡在二十層床墊和二十層鵝毛被上，仍然感覺不舒服的樣子表現出來。豌豆公主為什麼不舒服呢？因為那被褥的最底層藏著一粒豌豆，只有真正嬌貴的公主才感覺得出來。「豌豆公主」是中文譯名，從英文The Princess and The Pea來看，應該說是「豌豆與公主」。

你一定猜到了，這是童話大師安徒生的作品。至於丹麥城為什麼放一個安徒生紀念館，當然因為——他是丹麥人，而且丹麥人都以他為榮！

丹麥這個北歐國家，在十四世紀時曾經領有今天的瑞典、挪威、芬蘭、冰島、格陵蘭以及法羅群島，國力強大。它的物產豐富，農業科技進步，是世界上食品和原料的輸出國。

生長在台灣的我們對丹麥的了解可能很有限，但無論如何，總該聽過「安徒生童話」，人魚公主、豌豆公主、醜小鴨、小錫兵、賣火柴的女孩、國王的新衣……也許不曾看過完整的作品，但一定看過改編改寫的童話故事集，說不定也是小時候，媽媽講給你聽的睡前故事。

但是如果突然問：安徒生是哪一國人？他的生平是怎樣的？一定有很多人答不出來。為此，我也特別查了維基百科和其他資料，給自己惡補一下。

安徒生是丹麥人，一八〇五年四月二日出生於奧登賽。父親是個鞋匠，家境清貧。安徒生十一歲時父親就去世了，因此安徒生的生活一直很困苦，求學、求職都不順利，直到一八四五年以後，他才開始在英國及歐洲其他國家出名；次年，也就是一八四六年，丹麥國王授給安徒生「丹麥國旗騎士勳章」；一八四八年瑞典國王授給他瑞典「北極星騎士勳章」；一八五一年，他在丹麥獲教授職位。一八六七年十二月六日，他的故鄉選他為榮譽市民，這是個最高的榮譽，當晚全市為他舉行熱鬧盛大的慶典，國王也發電致賀；一八七五年，安徒生逝世，享年七十。

安徒生的個性敏感、熱情，充滿想像力，喜好戲劇，出過詩集、小說和劇本，但後來他立志為兒童創作，寫出了一篇篇動人的童話故事。他的作品主題蘊藏豐富深刻的情感，不只是兒童，連成人也會感動。〈國王的新衣〉揭穿了成人世界的虛偽，〈人魚公主〉提示了愛的犧牲與奉獻，〈賣火柴的小女孩〉寫出了人世間的冷暖，〈醜小鴨〉裡的醜小鴨終於變成天鵝……這些美麗的童話故事，都讓人難忘，就像我自己當了媽媽，在為小孩講睡前故事時，同樣會為故事中的人物感動，和孩子一起期盼，美人魚不要死，賣火柴的小女孩到天堂去後會變得恨快樂……

這個紀念館只能說是個小小的展覽室，但他們仍然做了一張詳盡的大圖介紹安徒生，焦點則放在安徒生曾經追求與交往過的女性。從說明文字看來，安徒生的愛情之路並不順利。是因為這樣，他的童話才充滿了悲劇感嗎？

角落的窗臺前放了一尊安徒生的半身塑像，尺寸有點大，顯得侷促；背光的安徒生，看起來還是很悲傷、嚴肅的樣子。他寫的美麗的童話撫慰人心，但是否也安慰了他自己苦悶的心靈？

背光的安徒生彷彿洞悉所有人世的悲傷。

轉角之後，有個書櫃，裡面放滿了世界各國出版的安徒生童話集。再走過去，就連到書店展售舊書的部門。我們轉了一圈，就下樓了。

安徒生紀念館在街角的咖啡店旁，路邊豎立了小小的指示牌。不仔細瞧，還很容易錯過，有一種「大隱於市」的感覺。

雖然這只是美國加州的丹麥城，不是真正的丹麥，但我注意到海報，過幾天，四月二日就是安徒生的生日，他們也會舉辦一個茶會。

在丹麥城遇見安徒生，雖然不是正牌的安徒生故鄉，但也是這趟旅程中一次美麗的邂逅。向您致敬，童話大師安徒生，祝您一百零四歲生日快樂！

——二〇〇九年年三月廿九日

洋學校的第一堂課

一個沒有留學經驗的中文系老師，叫她用中文去教美國大學裡，東亞系的學生中國現代詩……

我來聖塔芭芭拉加州大學，除了做研究，還要和杜老師合開一門課，Special Topics in Chinese Modern Poetry，中國現代詩專題。我原先擔心無法用英文授課，但杜老師說這個課就是要使用中文教材，學生須有一定的中文程度才能選修，而且本來也是為主修中文的學生開的，因此不必擔心。此外，杜老師也會來講幾次課，學生有問題隨時可以去找他（或我），期末成績也是我們兩個一起打的。

杜老師說，沒問題的，你都教書那麼久了，而且這個是你的拿手科目；只怕你講得太難，學生的程度跟不上。既然杜老師這麼說，我也只好試試看。不過，我還是覺得他很有冒險的勇氣！

一個沒有留學經驗的中文系老師，叫她用中文去教美國大學裡，東亞系的學生中國現代詩，雙重的困難：一，學生中文程度可能跟不上；二，「詩」這個玩意兒，不比散文小說，沒有一點慧根和興趣，還真的是看不懂啊。

但是，但是，不管有幾個但是，課已經開了，講義也印了，就去教吧。

三月三十日，星期一，是spring quarter的開學日，十一點上課鐘響，我和杜老師一起到教室，由杜老師介紹課程和處理選課問題，也順便介紹我。

四月一日，星期三，是第一週的第二次上課，也是十一點鐘的這一節。杜老師來開個頭，就把班級交給我了。

所以這是我的第一堂課，在洋學堂教洋學生的第一堂課。也不能完全算是洋學生，因為他們大都是黑髮黃膚，看起來都是華裔。少數一兩個像是印度或中東的，他們也都上過中文課。總之，我先假設他們聽得懂中文。

我先自我介紹。還好，有人聽過台大。

接著，我就開始講「中國古典詩歌的傳統與演變」。別緊張，不是在上文學史，只是問他們有沒有唸過唐詩，背過李白的〈靜夜思〉？舉了幾首名作，讓他們看一下五言、七言和押韻的問題等等。

有人點頭，有人直愣愣的看著我。

再來，講現代詩和古典詩的不同。沒有限制行數、字數和押韻問題，還舉了詩人非馬的〈電視〉作例子。

講解詩的內容時，有人的眼神是專注的，那告訴我他聽得懂。其他呢？oh my god，剛好有人打了個噴嚏，我跟她說：God bless you.她對我微微一笑。其實我更想說：God bless me.這個女生從剛才到現在都沒有什麼表情，現在終於微微一笑。

後來為了強調古典詩不容易寫新科技，我臨時做了一首五言詩〈電腦〉：

鍵盤奏樂章，指如翼飛翔。傳訊千萬里，win-dow新視窗。

我不知道當我轉身去寫黑板時，學生在做什麼，但當我寫到win-dow兩個字（兩個音節吧），我聽到有人笑了，回過頭去看，有好幾張笑臉呢！對不起了，古典詩人，我只好用這首打油詩來騙騙洋小孩。

第三階段，開始進入晚清詩界革命。黃遵憲打頭陣，但他很快就下場了，大明星胡適正式登場。我跟那些洋學生講解胡適的「八不主義」，都沒什麼反應耶。

換個說法，問他們：如果你要發起一個活動，你會怎麼做？如果你想做一件偉大的事，你是一個人去做，還是找朋友一起幫忙？如果有敵人怎麼辦？

哦，這些問題顯然問得不錯，底下開始有反應了，有一點點想要舉手發言的樣子。

可惜，下課時間快到了。我只好先代表胡適進行白話詩的革命，把《嘗試集》先給催生出來。

十二點十五分，準時下課。

學生陸續走出教室，有幾個人還對我笑了笑。

學生走後，我還在擦黑板。

心想今天是四月一日愚人節，呵呵，也是我的洋學校第一堂課。可不要愚弄了學生，或者被學生愚弄啊。

——二〇〇九年年四月一日

UCSB校園地標——鐘樓。

米國停電

我愈想愈害怕，腦中湧現許多「暗夜殺人事件」，只好厚著臉皮跟蔡老師求救……

我們都知道幾個美國人跟「電」的故事：富蘭克林放風箏發現了「電」，愛迪生經過九千九百九十九次試驗發明了「電燈」，「電影」也是他發明的；貝爾發明「電話」，直到當代，比爾蓋茲發明了「電腦」……可是，沒人告訴我，美國會停「電」呀！

話說這天（四月三日）晚上，我和東亞系幾位老師吃過飯後，由陳老師開車載我和蔡老師回家。一路上大家說說笑笑，到家時已是九點半過後。我很納悶，最靠近住處的那一條街路燈怎麼都沒開，陳老師還開玩笑說，可能今天正好實施節約用電。

蔡老師陪我上樓，發現整座公寓都是暗的，平常走廊上都會有燈的，現在只有靠月光照射路面；而只有兩個房間是有燈光的，後來也才發現那是在點蠟燭。

我一進屋子，按了電燈開關，真的是停電了！趕快摸黑到廚房，找到我從台灣帶來的手電筒和電池，試試看，竟然不亮！是新的耶，怎麼不亮呢？

蔡老師提議到她家看看，就在隔壁第二處公寓區。

還好蔡老師的公寓沒有停電。她打了幾個電話，請學生送手電筒來給我，又問一下停電的情形。傍晚才停的，這一區大部份都停了，不知道電什麼時候來。

我想到這裡的商店星期假日都休息，今天是星期五，而且已經晚上十點了，會不會修電的工人早就下班渡週末去了，星期一才會來？

在這裡的「美國時間」，可不比咱們台灣。修理一個路面和埋設管線，修一個月還沒好。像我上學的路，有個路口從我來之前就在修，我來以後的整整一個月後才修好十字路口的部份，現在又圍起另一段通路在修理。

不知道電什麼時候來，而同棟公寓的人都不在，只有兩戶用微弱的燭火照明。公寓的鐵柵門也罕見的上了鎖；至少我住進來後，將近一個月，都沒上過鎖；我們剛才是從停車場進入的。

我愈想愈害怕，腦中湧現許多「暗夜殺人事件」，只好厚著臉皮跟蔡老師求救，請她陪我回去拿換洗衣服和被子，今晚就要賴著她，在她家打地鋪過夜。在我找東西的時候，蔡老師「把玩」著我的手電筒，沒想到轉了半天，它竟也亮了。我說它大概把時差調過來了，陪伴我們的學生L說，不是，它是感到有另一支手電筒在發出訊號，所以它就醒過來，放出光明。

不管它亮不亮，我，已經打包好小行李，把棉被交給蔡老師，準備演出一場停電後的「西廂記」，捲鋪蓋到蔡老師的公寓暫渡一宿。

蔡老師在台灣當過高中老師，但近年已轉行到華語教學的領域。因為都讀中文系的關係，我們也算同行，就一邊看電視，一邊隨意聊聊。對於她這種隻身在外國教華語的老師，我只能說佩服佩服。當然，還要感謝她今晚收留我。

蔡老師家還有個電視機，我們看了「慾望城市」影集。這是我來美國近一個月後，第一次看美國的電視節目。沒有字幕，只能靠「猜」的，反正那四個女人說來說去都是在談男人。

第二天早上，我被穿透窗簾的陽光喚醒。難怪我剛才還做了個有彩虹的夢。原來是陽光刺眼，都九點了。

吃完早餐，我背著小背包，蔡老師幫我抱著棉被，陪我一起走回去。回到住處，還好電已經來了。冰箱裡的食物，我檢查一下，還好也沒壞。

後來聽說電是半夜三點修復的。有學生聽了停電的事，說：摸黑睡覺也不會怎樣，反正都是黑漆漆嘛。我不好意思說出來，我來的第一個禮拜，每晚都是點著大燈睡覺；

後來發現門外走廊上有個燈就對著我的窗口，才關掉我房裡的燈，用那個走廊燈當小夜燈睡覺。

看來我還是膽小如鼠，不敢一個人獨處黑暗，尤其在這異國異地。但怕黑，需要燈光，是我和鼠輩們唯一不同的地方。

——二〇〇九年四月三日

到海邊撿mussel

不過我也不敢碰這種老蚌。總覺得，它可能已經修練成精了，才會緊抓著岩壁……

學生KP說，這個星期日下午正好是退潮，所以他要帶我們去學校的海邊撿mussel。

mussel這個東西是什麼呢？我初聽到英文，還以為是肌肉muscle！後來才知道是西施舌之類的貝類，也就是我們在台灣常看到的紐西蘭淡菜。

聽來有點匪夷所思。不過UCSB這個靠海的學校，既然可以衝浪、駕帆船、戲水，當然也可以去撿貝殼呀。所以我也就戴上太陽眼鏡，穿著拖鞋，捲起牛仔褲的褲管，跟著一群學生撿mussel。

說是「撿」，其實不是。有位蔡老師帶了瑞士刀，她說要用刀尖在岩石上「挖」，才能把mussel從上面弄下來。牢固一點的，說不定還要用鐵槌敲打。看她說的很專業的樣子，我這個空手而來的人，可能也會空手而回了。

真正到了海邊，才知道情形沒有那麼嚴重。因為是退潮的關係，海灘上露出了好幾塊大岩石，而一大撮一大撮的mussel就聚集在岩石上。它們像長了根似的，糾結在一起，但是只要用力的扭轉，也可以把它從岩石上「拽」下來。

學生KP拿起一個，說：我們只要摘比這個更小的就好了。為什麼？因為太大的有毒。什麼？真的假的？騙你的啦！太大可能不好吃。大家你一言我一語的討論著，最後訂出一個「標準」，不要太大也不要太小。

我看著眼前這一叢叢mussel王國，老實說，有點可怕、噁心。可能是因為是野生的，它們的外殼都很暗沉，不像我們在菜市場看到的那樣，帶點翠綠的漂亮顏色；而且每一個上面都佈滿了其他的小生物，小貝類或是海菜之類的，就像長滿了暗瘡。有的真的長得很大，有我的半個拳頭大，殼很硬，也有一部份變成灰白，根更是抓得牢牢的，休想動它。

不過我也不敢碰這種老蚌。總覺得，它可能已經修練成精了，才會緊抓著岩壁，任海潮沖擊，也不會「隨波逐流」，然後還要忍受其他生物寄居在它背上。當退潮時，曝曬著太陽的它，一定也在沉思，想著哪天才能修練成人，還是成仙呢！

太小的呢，隨便一碰，就掉下來了。這種小蚌，還是不撿也罷。不忍心，它太幼小了，讓它多活幾年。人的這一拔，可比它有生以來，曾領受的海潮沖刷厲害得多。

在撿拾的時候，腳是踩在海水裡的。陽光耀眼，海水冰涼，別有一番滋味。

後來我們大約撿了兩桶，但都只有一半，其他的一半裝了海水。

工作完了，學生開始玩了起來。看他們在海邊追逐，互相潑水，還把新會長帶去「下水典禮」，玩得不亦樂乎！最後還要我們這兩個老師也跟著他們在鏡頭前，跳起來，YA兩聲，留下一張紀念照。

回家之後，有一桶的mussel是交給KP處理的。他說他會把上面的小東西刮乾淨再送一些給我煮來吃。

第二天，他果然送來了十二顆左右，都刮得乾乾淨淨的，還吐過沙。他特別說：老師，我們昨天先煮一些來吃了，除了沙子比較多，沒有其他問題，沒有人拉肚子。

既然有人先試吃過了，你猜，我吃了嗎？

——二〇〇九年四月五日

復活節烤肉會

每個小朋友都很努力地找，爸爸媽媽也來幫忙。連不會走路的小娃娃，都有一籃彩蛋呢……

我不是基督徒，對復活節並不了解。只知道有彩蛋可撿，但從來也沒有撿過。我剛到這裡才三月初，超市裡已經擺出了復活節專櫃，有卡片、兔子布偶、裝彩蛋的籃子，還有各種造型的巧克力，以兔子和蛋的造型居多。看來復活節是很盛大的節日。

四月十一日，陳老師邀請我去參加她教會的復活節活動。他們會在公園裡烤肉，potluck，撿彩蛋，玩遊戲等等。我問她，非教徒可以參加嗎？她說我和另一個學生算是她請的客人，可以參加，也不必帶東西。

在異國旅行的人，當然要把握這樣的「入境問俗」的機會，所以我就坐上陳老師的車子，一同前往Grove Park。

陳老師自台灣來，以華語教學為志趣。聽她說起求學和工作歷程，我只能說佩服。不是那種乖乖牌，一帆風順的路子，但她也走出了自己的路。她是個有勇氣的單身女郎！

當然，在這之前，我已經吃了人家的一頓飯，又收到一些吃的、用的。很不容易拒絕呢，這裡的老師都對我這麼友善熱情！我實在很煩惱，不知道拿什麼回報。只好，嗯，只好每次邀請我都接受，盡情享受別人的好意。希望有一天他們回到台灣，我也可以略盡地主之誼。

車子直開到公園內部的一處烤肉區。場地是現成的，已經有烤肉的水泥台和鐵架子，旁邊也有洗手間、外接的水龍頭、木頭桌椅，在不遠處就是草地和小土丘，可以玩遊戲的地方，設計得很不錯。

已經有人先到達，並且開始烤肉。陳老師帶來兩大袋的蔬果，清洗切片後，再交給烤肉的人去烤。她想得很週到。而也有其他人紛紛到來，都帶著煮好的菜餚，或是薯片蛋糕類的點心。

因為是教會的聚會，所以他們還是先做了禮拜。由牧師講道，青年朋友唱聖歌，然後宣布撿彩蛋。

這是小朋友最興奮的一刻。他們早已準備好自製的提籃，是用牛奶盒裁開，繪上彩圖的小盒子，等負責人一聲令下，通通湧向周圍的草叢、小土丘去尋找彩蛋。

我拿著相機跟著他們跑，看看誰找到了，就湊過去看。原來教會準備的彩蛋是塑膠蛋殼裡裝一個糖果的「彩蛋」，不是真正的水煮蛋再加上彩繪。陳老師告訴我以前是這樣的，現在順應潮流，改用糖果裝在裡面。每個小朋友都很努力地找，爸爸媽媽也來幫忙。連不會走路的小娃娃，都有一籃彩蛋呢。

另一邊，烤肉大餐也已經開動了。大家排隊領取食物，再找個位子坐下來吃。我們坐在一群City College學生的旁邊，對面則是陳老師認識的人。學生都是來自中國大陸，都在唸書，也準備轉到UC系統的大學。陳老師的朋友有台灣來的，有大陸來的，也有在當地生長的華裔。有人講中文，有人講英文，反正聽得懂就好。

吃過午餐，學生們都走到草地那邊，玩起了丟水球的遊戲。分成兩邊排排站，一邊先丟水球給對面的人接。回傳之後，第二次，須後退幾步，再開始傳接。有人漏接，水球就掉地破了，有時還會直接砸到人身上，那肯定破的，而且還會幫他「洗衣服」，如果剛好砸到腳，那就如同耶穌幫門徒洗腳——倒也符合「最後的晚餐」的情境，和復活節的意義很搭配。

等我們看完水球大戰，回到座位區，其他人早已把環境整理得乾乾淨淨的。這是一群很有默契很有次序的人們，可能是平日團契的關係吧。

下午二點多鐘，我們開車離去。陳老師又帶我到她的Home Stay家裡坐一下，是個很大的房子，整理得很整潔、美觀，前面花園，後面果園，還有玻璃房可以喝下午茶。

這種美式居家環境，真的很讓人羡慕！不過，想必是主人付出了很多時間和心力。不然光是掃落葉和落花，林黛玉會哭得更慘啊——這是我這個懶惰的台北人，非常煞風景的想法，請讀者諸君多多包涵！

——二〇〇九年四月九日

Party帶來快樂的友誼（2009年於UCSB訪問）。

Happy Hour

她說會帶我去逛街買衣服、喝下午茶，這可是同為女性的專利……

來到這裡已經一個月了，前兩週因為是spring break，校園裡非常安靜，我所屬的東亞系，老師和學生也都放假去了，整層樓也都是安安靜靜的。

到了三月三十日開學以後，校園才活絡起來。老師、學生也都回籠了，系辦公室和走廊，時時都有穿梭不斷的人影和笑聲；每一間研究室、教室也都經常亮著燈。總之，開始有了很多的聲響，牆上的佈告欄也開始貼上五顏六色的宣傳單，用個英文字形容，busy！

東亞系的系辦也發出電子郵件給每個人，介紹我這個來自ＮＴＵ的Visiting Professor（來這裡以後，也不知怎的，常常中英文夾雜）。我想，至少這半年，我是擁有這個頭銜了。

這裡的老師我不是每個都認識，但經過杜老師引介，台灣來的幾個老師都對我十分照顧。其中有位徐老師，更是台大包副校長特別交代，有問題可以隨時去找的人。

徐老師是這裡資深的中文語言老師，她也是台大畢業的，歷史系。她的口齒清晰，用語流利機智，合該就是那教中文的不二人選。除了書教得好，受學生歡迎，我還聽說，她很會做菜，炒米粉、油飯、肉羹、紅豆年糕、小月餅、鍋貼、牛肉麵……什麼名菜家常菜台灣料裡都難不倒她！

我第一次在「台灣研究中心」的辦公室碰到她，她就請我吃了一碟炒米粉。後來，有一天她還帶一個便當來，當做中飯請我吃。

我們除了是台大校友，因為都認識包副校長，所以也有一些共同的話可聊。還有，都是媽媽，也有一些媽媽經可談。還有，嗯，她說會帶我去逛街買衣服、喝下午茶，這可是同為女性的專利。

有趣的是，上次杜老師請吃飯，她就先開車載我去市區兜風，又在City College的校園裡「偷」摘了一些小果子來吃。她說她都嚐過了，沒有毒，也不會拉肚子。

今天（四月十日）是星期五，我因為懶得出門就窩在家裡。沒想到就接到徐老師的電話，她說要帶我去享受Happy Hour，叫我在家裡等杜老師來接我，而她去聯絡另外兩個朋友。

Happy Hour？聽起來很刺激喲。不過有杜老師（這位男性長輩）參加，也不可能是中年熟女的城市冒險啦！

就是，嗯，就是到一家Elephant Bar，坐在高腳椅上，圍著小圓桌，喝酒、聊天——是下午三點到六點的Happy Hour，特價時間，不是半夜三點到清晨六點的Happy Hour，還不夠刺激啦！

杜老師和徐老師的朋友董先生點啤酒，董太太點瑪格麗特，徐老師點長島冰茶，她幫我點的是Moutei，聲音聽起來是這樣的，像「茅台」。還好不是真的茅台。酒送來了，是一杯咖啡色加冰塊的調酒，杯邊還夾著一段鳳梨、一顆櫻桃和一片像蘆薈的葉子。喝起來有點甜，但還是有酒的嗆辣。

徐老師一直問我酒量好不好，我怎知道？我從來都沒想要喝醉過，憑這一點，我大概不算個詩人。

倒是吃的東西引起我很大的興趣。徐老師很會點菜，點了越南春捲和沙拉、西班牙三明治、墨西哥餅、炸雞、薯條，都很好吃，我吃得津津有味。

我們五個人隨意聊著，董先生他們也是台灣來的，大家很快的就聊起了台灣的吃啊，旅遊之類的事。

徐老師特別叮嚀我，千萬別告訴副校長她帶我來這個地方。我說那怎麼辦，我剛才給大家（還有這堆酒和食物）照了相，有圖為證，賴都賴不掉的！

這也是我第一次走進叫BAR的地方，還很完整的喝了一杯調酒。我記得以前曾在台大附近的「佬墨的日出」喝過一點「轟炸B52」和瑪格麗特，是被大學同學起哄喝的，淺嚐即止，不敢恭維。現在，呵呵，我喝完一杯鳳梨加櫻桃加蘆薈葉的「茅台」，算不算酒量很好？

我們從五點坐到六點十五分，結束了一段Happy Hour，雖是特價時間，還是讓徐老師花費不少銀兩。結帳出來之後，看到餐廳裡已經高朋滿座，還有人在等候。有年輕的男與女，也有闔家光臨的老與少。杜老師告訴我Elephant Bar是個連鎖餐廳，很有名，除了酒和小菜，也有賣一般的餐點。原來如此。

相處幾週以來，覺得徐老師很熱心，說話風趣，也很會尋找生活樂趣。真希望常常跟她去享受Happy Hour啊。

——二〇〇九年四月十日

瑞家的水果

有緣千里來相會，我們竟繞過這數十年的時光，飛渡太平洋，在此認識、結緣……

瑞是我在美國新認識的朋友。她經常送給我她家後院種出的水果，柳橙、檸檬、蕃茄，我發現我們有一個很了不起的共同點——都有三個孩子！

當然，我會認識她是因為工作的關係。我在這裡訪問研究，而她恰好是行政人員，因此很多事情都必須請她幫忙，有什麼問題我一定第一個想到她。經常麻煩她，是叫我深感不安的事，但是身在異國，英文又不是很溜，也只好厚著臉皮請「學姐」幫忙——這是我發現我們的第二個和第三個共同點，我們都是台大畢業，也是北一女校友。

但是我麻煩她的地方實在太多了，每一次碰面聊天，我總努力跟她「攀交情」，以減輕我心裡的負擔。果然，我我又找到我們的第四個共同點。

俗話說：「人不親土親」，我們都是台北人，都是從小到大在台北唸書，沒有出過遠門的乖乖牌女生！

只是二十多年前，她終於離開家裡，到美國唸研究所，然後就在此地結婚生子，成家立業；而我在唸完研究所的二十年後，才出國訪問研究，享受一段暫時的單身生活。「有緣千里來相會」，我們竟繞過這數十年的時光，飛渡太平洋，在此認識、結緣，真是奇妙的緣分啊。

我們倆常利用午餐時間聯誼，瑞經常帶給我一些生活的驚喜。譬如此地烏鴉甚多，她告訴我，烏鴉很聰明，當牠們找到核桃之類的食物，會飛到屋頂上，然後把核桃丟下，讓它沿著屋頂的斜坡滾下去，掉地後破裂成碎片，烏鴉再飛下來搶食。有好幾次她聽到屋頂啪啪作響，以為是下雨，跑出去看只看到一群烏鴉聚集在院子裡，令人搞不清楚狀況。後來終於想通了，就是這樣的，這群聰明的烏鴉！我說，這和我們小時候過的「烏鴉喝水」故事簡直有異曲同工之妙嘛。記得，故事裡的烏鴉為了喝到瓶子裡的水，叼著小石頭丟進瓶裡，慢慢的，水位上升了，烏鴉終於喝到水。

瑞又告訴我，她家的後院常有小浣熊出沒。有一次她忘了關後門，浣熊家族竟然摸進屋裡來，在廚房水槽邊排排站。瑞聽到聲響，走進廚房一探究竟。一看，一排浣熊大兵整齊地排在水槽邊，個個瞪大眼睛看著她，她也瞪大眼睛回望，她倒抽了一口氣，正要尖叫起來，浣熊也發出怪聲，一溜煙似的，整排浣熊大兵迅速奪門而出，消失得無影無蹤。剩下瑞在原地，愣愣的，心有餘悸，不知所措。事後想想還真是有趣哩。

美國的家屋普遍是平房，有前後院，免不了種樹又種花的，也因此常有小動物光臨。除了烏鴉、浣熊，瑞說兔子也很常見，兔子會把花的根莖啃光，防不勝防。我問她，那樹呢，通常種什麼樹？自己吃嗎？因我常常看到人家庭院裡有棵檸檬樹，結實累累，甚至掉了滿地，也不見主人清理。瑞告訴我，看你想種什麼啊，加州陽光充足，只要灌溉的水分足夠，植物很容易生長的，果樹也都長得特別好。她家是柳橙，也就是香吉士，每年都大豐收。而牆邊隨意栽種的小番茄、小莓果，也長得特別好。此外，也有一大排玫瑰花。

原來瑞除了水果，也愛花。不過對我這個台灣客來說，那大大胖胖的香吉士最教我垂涎三尺。香吉士的底部有一個像肚臍眼的漩渦，肚臍眼越突出，皺褶越多越好吃。不管是用手剝還是用刀切，都是汁液淋漓，讓人咀嚼之餘，還是用吸得比較快。真是解渴又好吃，像個貯藏維他命C的小水庫。

瑞還做過香蕉蛋糕，小餅乾、堅果吐司之類的點心給我。有時，我竟期待著她那個透明的保鮮盒，今天不知又帶來什麼好吃的、新奇的小玩意兒給我嚐嚐口味。

回想起來，我對瑞的記憶都和食物聯想在一起。有次，我問她哪裡可以拍大頭照。她帶我去好市多大賣場，有個攤位專門給人拍證件照。等我拍完照，我們就開始在倉庫似的貨架之間逛來逛去，也到處試吃，中飯錢都省了。瑞還教我，買一隻五塊錢的烤雞，可以連吃一個禮拜，雞腿現吃，雞胸肉剁下來做沙拉，而雞翅、骨架等肉少的部位，就可以拿去熬湯，加大白菜、粉絲，美味無比。

哇，太多了，有關瑞的回憶交織如錦，雖然瑣碎，但是溫潤有光，因為在分享食物的同時，我們也聊著家庭和人生。兩個平凡的小婦人，互相傾吐平凡而美好的心願，在碧空如洗，四季如春，加州的聖塔芭芭拉UCSB校園。

——二〇〇九年七月廿九日

釀文學208　PG1588

騎在雲的背脊上

作　　者　洪淑苓
攝　　影　李百珣
責任編輯　鄭伊庭
圖文排版　周政緯
封面設計　蔡瑋筠

出版策劃　釀出版
製作發行　秀威資訊科技股份有限公司
114 台北市內湖區瑞光路76巷65號1樓
電話：+886-2-2796-3638　傳真：+886-2-2796-1377
服務信箱：service@showwe.com.tw
http://www.showwe.com.tw
郵政劃撥　19563868　戶名：秀威資訊科技股份有限公司
展售門市　國家書店【松江門市】
104 台北市中山區松江路209號1樓
電話：+886-2-2518-0207　傳真：+886-2-2518-0778
網路訂購　秀威網路書店：http://www.bodbooks.com.tw
國家網路書店：http://www.govbooks.com.tw
法律顧問　毛國樑　律師
總 經 銷　聯合發行股份有限公司
231新北市新店區寶橋路235巷6弄6號4F
電話：+886-2-2917-8022　傳真：+886-2-2915-6275

出版日期　2016年12月　BOD一版
定　　價　240元

Printed in Taiwan

國家圖書館出版品預行編目

騎在雲的背脊上 / 洪淑苓. -- 一版. -- 臺北市：釀出版, 2016.12

面； 公分. -- (釀文學 ; 208)

BOD版

ISBN 978-986-445-148-7(平裝)

855 105015996

讀者回函卡

感謝您購買本書，為提升服務品質，請填妥以下資料，將讀者回函卡直接寄回或傳真本公司，收到您的寶貴意見後，我們會收藏記錄及檢討，謝謝！

如您需要了解本公司最新出版書目、購書優惠或企劃活動，歡迎您上網查詢或下載相關資料：http:// www.showwe.com.tw

您購買的書名：＿＿＿＿＿＿＿＿＿＿＿＿＿＿＿＿＿＿＿＿

出生日期：＿＿＿＿年＿＿＿＿月＿＿＿＿日

學歷：□高中(含)以下　□大專　□研究所(含)以上

職業：□製造業　□金融業　□資訊業　□軍警　□傳播業　□自由業

□服務業　□公務員　□教職　□學生　□家管　□其它＿＿＿

購書地點：□網路書店　□實體書店　□書展　□郵購　□贈閱　□其他

您從何得知本書的消息？

□網路書店　□實體書店　□網路搜尋　□電子報　□書訊　□雜誌

□傳播媒體　□親友推薦　□網站推薦　□部落格　□其他＿＿＿＿＿

您對本書的評價：(請填代號　1.非常滿意　2.滿意　3.尚可　4.再改進)

封面設計＿＿　版面編排＿＿　內容＿＿　文／譯筆＿＿　價格＿＿

讀完書後您覺得：

□很有收穫　□有收穫　□收穫不多　□沒收穫

對我們的建議：＿＿＿＿＿＿＿＿＿＿＿＿＿＿＿＿＿＿＿＿

＿＿＿＿＿＿＿＿＿＿＿＿＿＿＿＿＿＿＿＿＿＿＿＿＿＿

＿＿＿＿＿＿＿＿＿＿＿＿＿＿＿＿＿＿＿＿＿＿＿＿＿＿

＿＿＿＿＿＿＿＿＿＿＿＿＿＿＿＿＿＿＿＿＿＿＿＿＿＿

請貼
郵票

11466
台北市內湖區瑞光路 76 巷 65 號 1 樓
秀威資訊科技股份有限公司 收
BOD 數位出版事業部

（請沿線對折寄回，謝謝！）

姓　　名：＿＿＿＿＿＿＿＿　年齡：＿＿＿＿　性別：□女　□男

郵遞區號：□□□□□

地　　址：＿＿＿＿＿＿＿＿＿＿＿＿＿＿＿＿

聯絡電話：(日)＿＿＿＿＿＿＿＿　(夜)＿＿＿＿＿＿＿＿

E-mail：＿＿＿＿＿＿＿＿＿＿＿＿＿＿＿＿